Des éloges pour
DIEU SUR UNE HARLEY
de Joan Brady

« *Sur la route de Madison* croise *La prophétie des Andes* et le magazine *Self*... »

— *Entertainment Weekly*

« Drôle et amusant... Le récit tout malicieux d'une expédition vers la plénitude spirituelle. »

— *Publishers Weekly*

« Un merveilleux récit sur la manière dont Dieu agit avec Christine, comprenant ses moindres désirs et connaissant ses véritables besoins mieux encore qu'elle ne les connaît elle-même. »

— Noelle Denke, *The Light Connection*

« Un coup d'œil drôle et touchant sur le voyage spirituel d'une femme. »

— *Indianopolis News*

DIEU
SUR UNE
HARLEY

JOAN BRADY

Traduit de l'américain par Linda Cousineau

Copyright ©1995 Joan Brady
Titre original anglais : God on a Harley
Pocket Books

Copyright ©1999 Éditions AdA Inc. pour la traduction française.
Dépôt légal : Premier trimestre 1999
Bibliothèque Nationale du Québec
Bibliothèque Nationale du Canada
ISBN 2-921892-42-1

Révision : Cécile Rolland
Typographie et mise en page : Carl Lemyre
Illustration de la couverture : Ben Perini
Graphisme : Carl Lemyre
Traduction : Linda Cousineau
Première impression : 1999

Éditions AdA Inc.
172, Des Censitaires
Varennes, Québec, Canada, J3X 2C5
Téléphone: 450-929-0296
Télécopieur: 450-929-0220
www.AdA-inc.com
info@AdA-inc.com

Diffusion
Canada : Éditions AdA Inc.
Téléphone: 450-929-0296
Télécopieur: 450-929-0220
www.AdA-inc.com
info@AdA-inc.com
France : D.G Diffusion
6, rue Jeanbernat
31000 Toulouse
Tél : 05-61-62-63-41
Belgique : Rabelais- 22.42.77.40
Suisse : Transat- 23.42.77.40
Haïti : EMJF- 46-38-98

Imprimé au Canada

À Tommy, mon ange précieux
et
Reggie, le roi de la côte du New Jersey

Remerciements

Sincères remerciements à Denise Stinson, mon agente, pour m'avoir donné la clé d'un monde nouveau; à mon éditrice Emily Bestler et à Eric Rayman de *Pocket Books* pour avoir su me guider avec patience à travers tout le processus et enfin, à la force spirituelle que nous avons tous en nous.

DIEU
SUR UNE
HARLEY

1

J'avoue n'avoir jamais compris cette idée d'appeler l'État du New Jersey, le « Garden State », l'État Jardin. Et je comprends encore moins comment, après sept ans passés sur la côte Ouest, je pouvais être contente d'y revenir. Après tout, on a tous la même image du New Jersey, avec ses fumées industrielles et nocives qui planent au-dessus des autoroutes. Quels sont ceux qui pensent à l'abondant feuillage automnal qui borde la voie rapide du « Garden State Parkway »? Notre état est le bouc-émissaire de toutes les blagues des talk-shows de fin de soirée. Or, on ne mentionne jamais le bon sens de l'humour dont nous disposons pour supporter toutes ces remarques désobligeantes. On assume aussi à tort que nous, « Jersey-ais », avons collectivement un complexe d'infériorité du fait que nous vivions juste à côté de New York, la ville qui ne dort jamais. Qu'importe. Ce n'est pas chez nous que les terroristes posent leurs bombes. Y en aurait-il certains qui auraient enfin compris que nous avons eu notre part de malchance ?

Les esprits critiques peuvent bien rire, nous avons quelque chose que les New-yorkais n'auront jamais : la côte. Quiconque a passé ne serait-ce qu'une soirée au clair de lune ou en plein soleil ici, sur la côte du New Jersey, vous dira comment cet endroit peut éveiller votre côté romantique latent et ce, même pour les plus cyniques des New-yorkais. Jay Leno* et son équipe peuvent bien continuer à se moquer et à nous appeler « Jeusé-ais », cela provient sans doute du fait que ces gens n'ont jamais vu les crêtes blanches pulvériser leur sel dans l'air nocturne ni ces lunes qui ressemblent à de gros muffins anglais orangés bondissant d'un grille-pain de nuages.

Tel était le décor le soir où je suis revenue de l'Ouest en roulant sur l'autoroute 95 avant d'arriver devant mon nouvel immeuble d'appartements situé à quelques rues seulement de la plage. J'avais fait tous les arrangements nécessaires par téléphone à partir de Los Angeles et j'avais traversé le pays d'ouest en est en quatre jours seulement. Je ne sais pourquoi, il me semblait urgent de revenir. De revenir à tout ce qui m'était familier et,

---

* NdT : Animateur de talk-show de fin de soirée très populaire aux États-Unis

grâce aux cartes de crédit et aux télécopieurs, c'était non seulement possible, mais tout ce qu'il y a de plus simple. Dispendieux peut-être, mais incroyablement simple.

D'une certaine façon, même le fait de me retrouver dans les corridors familiers de l'Hôpital communautaire de la Vallée, me semblait salutaire. Et, malgré que des amis californiens m'aient prédit moult difficultés pour trouver un poste d'infirmière, eh bien, grâce aux nombreuses coupures qu'on avait faites récemment dans le milieu hospitalier, j'ai immédiatement trouvé du travail. L'ironie du sort a voulu que je retrouve même mon ancien poste d'infirmière-chef pour le quart de soir (15h00 – 23h00) à l'unité de chirurgie traumatologique. Et, bien que souffrant d'un cas typique de burn-out, je sentais un certain réconfort à me retrouver dans les vieux couloirs usés et les cages d'escaliers familières, tous des lieux historiques pour moi. J'étais un peu comme ce soldat, las de la guerre, qui se sent inexplicablement attiré par les trous et les tranchées dans lesquels il a jadis combattu pour sauver sa peau.

Pendant les quinze années de ma carrière d'infirmière, j'ai travaillé dans de nombreux hôpitaux à travers le pays dans ma quête incessante pour trouver *le* poste qui ne me consumerait pas jusqu'à l'âme. Mais je n'ai jamais trouvé de poste que je veuille garder de manière définitive et permanente. Et j'avais maintenant l'impression de revenir à la case départ. J'étais en effet de retour là où tout avait commencé et les souvenirs, déplaisants pour la plupart, faisaient irruption dans ma tête tels des invités qui arrivent comme des cheveux sur la soupe. J'avais dû parcourir des milliers de kilomètres dans ces vieux couloirs à la peinture écaillée et j'ai sûrement grimpé suffisamment d'escaliers pour faire le tour de la lune. Les murs de ciment gris étaient toujours les mêmes. À savoir ceux-là mêmes contre lesquels je m'étais adossée quand, fourbue de fatigue, le dos comme celui d'un baudet surchargé, mes pieds ne me semblaient plus que deux amas de chairs mortes pendant au bout de mes chevilles.

Pourtant il y avait quand même eu de bons moments. N'avais-je pas réussi à tomber en amour une fois ou deux dans l'enceinte de ces vieux murs de la Maison des Misères. Ah! Le bon vieux temps des baisers volés dans des ascenseurs vides, des moments torrides dans des cages d'escaliers désertes, des visages à demi couverts par des masques chirurgicaux, les yeux disant ce que les lèvres n'auraient jamais osé dire. L'amour dans les ruines. L'amour irrépressible qui réussissait à éclore malgré les drames et l'agonie toujours présents dans un hôpital, comme ces brins d'herbe qui parviennent à se faufiler à travers les interstices des trottoirs en béton. Jeune et romantique, je rêvais de tomber follement amoureuse. De me marier. Des rêves qui se sont douloureusement évanouis.

Et voilà que j'étais de retour. De nouveau dans l'arène pour la deuxième ronde, sans y être préparée le moins du monde. Je tentais de me rassurer en me disant que j'étais au moins plus vieille et espérons plus sage. Dorénavant, je ne permettrais plus à quiconque de me marcher sur le cœur, comme Greg l'avait fait jadis. Il y avait maintenant bien longtemps de cela et j'avais réussi à endormir tous ces sentiments ; sept ans en fait et je ne voulais absolument pas les réveiller. Mon vieux cœur ne jouerait pas les héros. Qu'on le laisse tranquille et qu'il meure de causes naturelles. Au moins je n'avais plus mal. De l'euthanasie cardiaque, je présume.

Chaque fois que je commençais un nouvel emploi, je m'efforçais de quitter l'étage pour aller prendre mon repas à une table comme une personne civilisée, plutôt que de tout avaler rapidement en surveillant les moniteurs cardiaques, en complétant les dossiers des patients et en tentant de joindre les médecins au moyen de leurs téléavertisseurs. Ce genre de résolution ne durait jamais très longtemps, jamais au-delà de la première semaine en fait, mais au moins je commençais toujours avec de bonnes intentions.

Étant donné qu'il ne s'agissait que de ma troisième journée, je prenais encore mon « heure » de repas de trente minutes à la cafétéria de l'hôpital qu'on appelait désormais la salle à dîner. C'était là un des efforts pathétiques de l'administration pour tenter de concurrencer d'autres établissements hospitaliers dans le recrutement des patients ou « clients » comme on les désignait maintenant. Malgré un nouvel écriteau au-dessus de la porte et un mobilier plus moderne, le plat de résistance proposé était toujours constitué de cette préparation de volaille impossible à identifier qu'on servait déjà il y a sept ans. Pour peu que je sache, il s'agissait peut-être encore du même vieux poulet. Je regardai passivement le jeune homme boutonneux, d'une obésité morbide, coiffé d'un bonnet de cuisinier, qui laissa tomber une cuillerée de bouillie filandreuse dans mon assiette. Je payai pour ce poison et allai m'asseoir près d'une fenêtre, dans un coin à l'extrémité de la pièce, secrètement ravie d'avoir manqué l'affluence de dix-huit heures. Je n'avais aucune envie d'être sociable et de faire la conversation.

Je fixais le vide, au loin, à travers la fenêtre sale de la cafétéria, complètement absorbée, comme dans une absence de petit mal. Ce n'est que lorsque je sentis une main plutôt grosse empiéter dans ma bulle et se poser sur mon épaule et que j'entendis cette voix masculine familière que je fus tirée de mon isolement et que j'interrompis mon examen détaillé du ciel vaporeux de juin.

« Christine » dit doucement la voix masculine abasourdie.

Greg Anderson. J'avais reconnu sa voix de baryton avant même de le voir. C'était cette voix qui, sept ans plus tôt, m'avait fredonné des chansons d'amour et murmuré des propos sensuels à l'oreille… et laissé tomber une grenade dans le cœur.

Je savais bien que je le reverrais tôt ou tard, seulement j'avais espéré que ce serait plus *tard* que tôt. Je n'avais pas encore préparé de discours bien que j'avais répété mille et une versions de ce que je lui dirais quand j'avais parcouru ces interminables kilomètres à travers le Texas sur l'autoroute 10. Mais aucune des versions ne rendait vraiment tout ce que je voulais lui dire, à savoir qu'aucun homme ne m'avait jamais tant fait souffrir et que j'avais été incapable d'aimer quelqu'un d'autre depuis ce jour où il avait brusquement mis fin à notre liaison. Ce jour-là, je l'avais regardé partir du haut de ma fenêtre et il m'avait fallu mordre les rideaux pour ne pas le supplier de revenir. Et je voulais maintenant qu'il se sente coupable pour son manque d'engagement envers moi, mais pas coupable au point qu'il ne veuille pas me revoir.

« Greg » dis-je en souriant comme quelqu'un qui avait surmonté sa douleur et pour qui la vie avait continué. Avec mon pied, je reculai la chaise adjacente à la mienne. « Assieds-toi, je t'en prie. » Je lançai l'invitation avec, j'espérais, une maturité nouvelle et attrayante.

Ma gentillesse sembla le rassurer et il s'assit à mes côtés. J'imagine qu'il s'attendait aux dagues verbales que j'avais l'habitude de lui décocher autrefois, mais j'étais décidée à lui prouver à quel point je m'étais améliorée pendant ces sept longues années d'exil. D'ailleurs, je ne voulais pas qu'il sache combien il m'en coûtait encore aujourd'hui de regarder ses beaux yeux pers, ni qu'il se doute qu'il pouvait toujours m'hypnotiser du regard.

Il portait l'uniforme de chirurgien de l'unité de traumatologie : blouse et pantalon verts, couvre-chaussures en papier bleu et casque de chirurgien bleu qui mettait en valeur les quelques cheveux gris qu'il avait maintenant aux tempes. Tant mieux. J'étais contente qu'il ait quelques cheveux gris. J'espérais qu'il avait aussi commencé à faire un peu de calvitie. Bien sûr j'aurais préféré que son tour de taille se soit épaissi pour aller avec ses cheveux grisonnants, mais en réalité, il paraissait aussi mince qu'avant et peut-être plus mince encore.

– Christine! Comme tu as l'air bien.

Il mentait. J'avais dû prendre au moins cinq kilos depuis la dernière fois qu'on s'était vus. Décidément le temps n'avait pas eu la même indulgence envers moi. Greg avait certainement remarqué les petites rides que j'avais autour des yeux , ces fines lignes que même la meilleure des crèmes hydratantes ne pouvait effacer.

– Et toi, donc! Je mentais. Bon d'accord, peut-être que c'était vrai. Il avait l'air en pleine forme, mais il lui faudrait tout de même me donner de sérieuses explications s'il prévoyait renouer avec moi. J'avais la ferme conviction qu'une passion comme la nôtre ne pouvait pas simplement s'envoler en fumée. En fait, je ressentais déjà quelques relents de désir pour lui, et j'étais certaine que c'était réciproque.

Il se mit à parler de tout et de rien, mais je me sentais comme dans une bulle insonorisée. Je n'entendais pas un mot de ce qu'il disait, tant j'étais occupée à me remémorer les beaux jours de notre amour, du temps où il m'aimait, ou du moins où je pensais qu'il m'aimait. C'était pendant son internat. J'étais, pour ma part, une infirmière expérimentée à l'unité de traumatologie et c'est moi qui lui avais enseigné tout ce qu'il savait. C'ést toujours ainsi avec les internes. Au début ils sont tellement humbles, avides d'apprendre, toujours respectueux et très reconnaissants de tout ce que nous leur enseignons. Cette attitude dure jusqu'au 1er juillet de l'année suivante, lorsque, comme par magie, ils deviennent enfin médecins-résidents et qu'ils oublient habituellement nos noms. À partir de ce moment fatidique, ils nous traitent comme les patients comateux que nous soignons.

Mais pas Greg. Dès le début, notre relation avait été différente. Nous avions travaillé côte à côte chaque jour, dans des situations de vie ou de mort et la panique était chose courante dans nos vies.

Médecins et infirmières le savent, il y a quelque chose d'électrisant, de presque sexuel, à travailler dans des situations d'urgence. L'adrénaline jaillit et coule à flots, la température corporelle s'élève et le cœur bat à grands coups. Ajoutez à cela un peu de testostérone et voilà tout ce qu'il faut pour une aventure amoureuse.

Il y a quelque chose qui émane de ces élans d'adrénaline chroniques et de l'exposition quotidienne à trop de souffrance humaine et qui vous force à faire face à votre propre mortalité. Et ce n'est pas beau à voir. On cherche à nier la mort et à s'assurer que, *nous* du moins, on est bien vivant. À la longue, on se rend compte que l'on devient moins émotif, que l'on ressent moins intensément les émotions, et on cherche désespérément à prouver qu'il n'en est rien.

Au cours des trois années que Greg et moi avons travaillé ensemble, nous avons, à plusieurs reprises, réaffirmé nos sentiments mutuels et notre vitalité. Nous sommes tombés en amour au-dessus d'un plateau de tubage le soir que notre patient de quarante-sept ans atteint d'un anévrisme de l'aorte a bien failli nous quitter. C'était la première intubation que Greg avait eu à faire à un patient sans la présence rassurante de son chef de clinique. J'avais ouvert le sac de tubage pour lui et, bien que nous sachions que j'étais de loin plus expérimentée que lui dans ce genre de manœuvre, je l'avais laissé faire en lui rappelant les points les plus délicats de la technique. Déjà à cette époque, Greg avait la dextérité manuelle qui ferait de lui un excellent chirurgien et il avait réussi à positionner le tube correctement, aussi efficacement et sans plus de difficulté qu'un spécialiste. La seule indication de son inexpérience, avait été ce sourire triomphant qui avait éclairé son visage quand il avait saisi le respirateur manuel Ambu et qu'il s'était mis à ventiler le patient avec autant d'habileté que s'il avait fait ces gestes plus d'une centaine de fois.

Quand le patient fut stabilisé, nous avions repris notre souffle et échangé des sourires de satisfaction en sachant qu'une espèce de lien significatif venait de se former. Greg m'avait invitée à célébrer à la fin de mon quart de travail à vingt-trois heures trente, au petit pub en face de l'hôpital et c'est ainsi que tout a commencé.

L'urgence de notre travail semblait exacerber tous nos sens. Notre admiration et notre amour l'un pour l'autre eurent vite fait de prendre racine dans ce terrain fertile fait de chariots de réanimation, de moniteurs et de respirateurs. Ce fut le début d'une liaison amoureuse qui allait durer trois ans. C'était follement, passionnément parfait... Jusqu'au jour où j'ai parlé de mariage. Ce jour là, tout le courage dont Greg pouvait faire preuve pour réanimer un patient, pour manipuler les masques Ambu ou pour parler de faute et de négligence professionnelle avec les avocats, tout son beau courage l'a complètement déserté. Greg Anderson était capable de grandes choses certes, mais l'engagement ne faisait pas partie de celles-ci.

Je ne sais pourquoi il ne m'avait jamais mentionné cette petite phobie matrimoniale qu'il avait. J'aurais peut-être pu me sortir de cette aventure amoureuse sans perdre toute ma tête. Je soupçonne toutefois qu'il savait à quel point je pouvais être têtue et obstinée. Il devait se douter que j'aurais immédiatement mis fin à notre liaison si j'avais su quel lâche il était sur le plan de l'engagement et des promesses.

Greg disait que j'étais une « tête forte ». Je lui répondais que c'était l'une des raisons pour lesquelles il m'aimait. Il était d'accord, mais il disait que c'était aussi une des raisons pour lesquelles il ne m'épouserait pas. Il y eut, bien sûr, de nombreuses disputes à ce sujet et autant d'accords de paix dramatiques, mais j'ai fini par me rendre à l'évidence et déployer le drapeau blanc. J'ai quitté l'Hôpital communautaire de la Vallée de même que Greg Anderson. Et j'espérais que mon départ les rendrait tous les deux misérables.

Je venais tout juste d'entendre parler d'une nouvelle forme de personnel soignant : les infirmiers-voyageurs, des professionnels de la santé au service d'une agence qui leur trouvait des contrats de courte durée à travers tout le pays. Je pensai qu'il s'agissait là exactement du baume dont j'avais besoin pour mon cœur brisé. C'est ainsi que je quittai la côte Est pour vivre une vie de nomade se déplaçant de ville en ville. Mais j'ai, bien entendu, fini par rester là où on m'avait envoyée de prime abord. Los Angeles m'a paru particulièrement séduisante après une vie d'hivers sur la côte Est. En outre, le style de vie décontracté des californiens n'était pas à dédaigner non plus. Mais voilà que mon récit prend une tangente.

Revenons à nos moutons. Je suis là à regarder dans les yeux pers et invitants de Greg, et j'essaie tant bien que mal de faire taire ces tout petits grains d'espoirs qui germent dans mon cœur fertile. C'est à ce moment précis que je remarque l'anneau d'or qu'il porte à l'annulaire de la main gauche. Inutile de vous dire qu'il s'est vite rendu compte que j'avais vu l'alliance. Je le sentis devenir mal à l'aise et, pour une fois, il ne semblait pas savoir quoi dire. Il se contenta de sourire d'un air penaud tandis que j'étais, moi, bouche bée.

– Qui? demandai-je avec difficulté tant j'avais la gorge serrée.

– Je ne pense pas que tu la connaisses, répondit-il en se déplaçant inconfortablement sur sa chaise.

– Dis toujours, ajoutai-je sur un ton de défi. Il fallait que je sache, dussé-je en mourir. Et, j'ai bien failli!

Il n'arrivait pas à soutenir mon regard en me disant son nom. « Anna Ranucci » marmonna-t-il avec un sourire faux.

– Quoi! J'étais horrifiée. Exaspérée. Consternée. Je ne pouvais retenir les mots qui sortaient et semblaient venir du plus creux de moi-même. « Tu veux dire que tu refusais de m'épouser *moi? Moi* qui t'aimais? *Moi*, ta meilleure amie au monde? Tu disais que le mariage te faisait peur, et tu as épousé cette… cette… »

– Christine, non, dit-il sur la défensive. Il me regarda de ses yeux irrésistibles et il adoucit le ton. Bon Dieu, comme il savait jouer avec mon cœur. Encore aujourd'hui. « Écoute, tu as toutes les raisons d'être en colère. Je comprends… »

– Tu ne comprends rien! l'interrompis-je avec fougue.

Il me coupa la parole à son tour. « Écoute, Anna est une bonne personne. Même que tu l'aimerais peut-être si tu la connaissais… »

– Arrête, tu vas me faire vomir! lui dis-je tandis que ma fureur prenait le dessus. Anna Ranucci? Bien sûr que je connaissais Anna Ranucci et il *savait* que je la connaissais. Elle était, à l'époque, coordonnatrice au service du personnel et je m'en étais souvent plainte à Greg. Elle ne m'aimait pas parce que je la menaçais constamment de téléphoner à l'émission *60 Minutes** pour leur faire part du manque chronique de personnel dans notre établissement. Anna Ranucci! Elle n'était même pas jolie et encore moins intelligente. Elle n'était rien de plus qu'une secrétaire typiquement moche et docile dotée d'un beau grand titre.

Ah! Mais voilà. C'était probablement aussi simple que cela. Greg se sentait peut-être menacé par les femmes

---

* Populaire émission d'information aux États-Unis

intelligentes et cultivées. Il ne serait sûrement pas le premier ni le seul à épouser une mauviette stupide et servile. Comment se faisait-il que je n'avais jamais vu ce côté de Greg? J'aurais pu être un peu plus douce si j'avais su. Nahh! Qu'est-ce que j'allais penser là? De toute manière, Greg avait toujours dit admirer mon côté rebelle. Disait-il cela uniquement pour me faire plaisir? Avait-il menti pendant trois ans?

— Cette chère Anna doit avoir des talents cachés, dis-je mesquine, parce que Dieu sait qu'elle n'a pas de cervelle.

Je fus surprise qu'il prenne cette remarque sans sourciller. De toute évidence, il était décidé à ne pas se disputer avec moi, quelles que soient les insultes que je pourrais lancer.

— Écoute, Christine, dit-il de sa voix la plus douce. Je suis heureux. Ne peux-tu simplement t'en réjouir pour moi?

— Eh! bien non, Greg, je ne peux pas! rétorquai-je d'une voix tremblante. « Et tu m'excuseras de ne pas vous envoyer un cadeau de noces avec un peu de retard. » Je deviens toujours sarcastique quand je me sens vulnérable.

— Tu deviens toujours sarcastique quand tu te sens vulnérable, dit-il avec un sourire amusé. Comme je le détestais à cet instant précis. Et je le haïs davantage encore quand il ajouta : « En fait, Christine, c'est même grâce à toi. » Voyant mon air ahuri il s'empressa d'ajouter : « Je veux dire que si nous ne nous étions pas disputés et si tu ne m'avais pas fait voir quel enfant gâté j'étais, je n'aurais pas été prêt à accueillir Anna dans ma vie. »

Je n'arrivais pas à croire ce que j'entendais. « Je pense que je vais vraiment vomir maintenant » dis-je et j'aurais voulu qu'il y ait plus de gens dans la cafétéria pour être témoin de la manière dont je rejetais ce goujat.

Comme sur un signal, son téléavertisseur se mit à sonner. On le réclamait à la salle d'opération pour aller faire encore plus d'argent qu'il ne pourrait jamais dépenser, et tout cela pour faire un travail qu'il adorait. Une sorte de masochisme s'empara de moi, je le retins et me mis à dévorer avec grand appétit les détails douloureux et sordides de sa vie avant de me résigner à le laisser partir.

J'appris que celle qu'il avait épousée trois ans plus tôt était enceinte de leur troisième enfant. Je ne sais pourquoi, je n'arrivais pas à imaginer Anna Ranucci enceinte de quoi que ce soit d'autre que d'ignorance bureaucratique (je refusais systématiquement de l'appeler Anna Anderson, c'était trop difficile.)

Je les imaginais faisant l'amour dans la chambre des maîtres d'un château donnant sur la mer. C'était loin des nuits torrides et passionnées que nous avions passées dans la petite chambre mal aérée de l'unité de traumatologie réservée au médecin de garde. Je me rappelais même comment son satané téléavertisseur choisissait toujours le pire moment pour se mettre à sonner, au point où nous l'avions surnommé « CI » pour « coïtus interruptus ».

La sensation de la main de Greg sur la mienne me ramena à la dure réalité et au fait misérable qu'il nous fallait tous les deux regagner nos postes. Il se pencha du haut de ses six pieds pour me déposer un baiser routinier sur les lèvres, mais je tournai la tête juste à temps pour forcer le baiser à s'écraser sur ma joue. Je suis certaine de l'avoir entendu rire en quittant la cafétéria avec grande assurance et je me demandai à quel moment il avait perdu son élan frénétique si particulier aux internes.

Je restai assise là, immobilisée par l'intensité de mes émotions et accablée par la douleur de l'avoir revu. Pire que la douleur cependant, fut la réalisation lente et insidieuse qu'une seule minute de conversation avec Greg avait suffi à anéantir complètement l'effet thérapeutique de sept années passées loin de lui. N'avais-je donc rien appris au cours de toutes ces années d'exil? Avais-je quitté travail et amis, et traversé tout un continent pour me rendre compte, sept ans plus tard, que j'avais laissé mon cœur derrière?

Je me laissai engloutir par la futilité de cette situation désespérée. Il semblait bien que les dommages infligés à mon cœur sept ans plus tôt étaient irréversibles, irréparables. C'était comme se trouver dans une situation de Code zéro quand tout le monde travaille frénétiquement à sauver la vie du patient et que tout ce qu'on entend, c'est ce signal plat et monotone du moniteur cardiaque qui indique une absence d'activité électrique du cœur. « C'est fini. Merci beaucoup, tout le monde, il n'y a rien que l'on puisse faire de plus. »

Je me sentis tout à coup, pleine de colère et de rage. Je haïssais Greg Anderson et je haïssais ma vie, mon existence pathétique.

J'avais besoin de boire un verre.

2

erminer mon quart de travail s'avéra un véritable supplice. Quand enfin l'horloge sonna 23h30, on aurait dit Cendrillon sous le coup de minuit. Je fis un bref résumé aux infirmières du quart de nuit et courus vers la sortie de l'hôpital, quittant les corridors sombres pleins du bourdonnement sourd et mécanique des respirateurs et des moniteurs cardiaques.

Désormais, tout m'était égal. D'ailleurs, il y avait un bon moment que je ne me souciais plus de grand-chose. Je me rappelai tristement le temps où j'étais si naïvement compatissante que je ressentais moi-même les moindres douleurs de mes patients. Révolu. Ce qui fut jadis un réservoir inépuisable de gentillesse et d'empathie n'était plus désormais qu'un trou vide, asséché. Il ne me restait plus rien à donner, rien que personne puisse prendre. Ce soir, la seule douleur que je ressentais était la mienne. Voilà la Christine Morais que j'étais devenue. Et je comptais devenir plus égoïste encore. Pour une fois, je me tirerais d'affaire. Je sortirais de cette Maison des Misères, je sauverais ma propre vie, aussi misérable fut-elle. Que les autres se débrouillent.

Je me glissai derrière le volant de ma Mazda Miata 1991 et me rendis compte que j'avais plus d'affection pour ma voiture ces jours-ci que pour qui que ce soit dans ma vie présente ou passée. Je roulai jusqu'au pub local qui donnait sur la mer. Je savais que je pourrais y prendre un verre tranquillement, sans avoir à supporter une foule de New-yorkais tapageurs, des « Bennies » comme nous, du New Jersey, les avions surnommés. Ne me demandez pas pourquoi on avait choisi ce terme, je n'en ai aucune idée. Quelqu'un a dû l'utiliser une fois et les autres l'auront tout simplement adopté. Bien sûr, les New-yorkais incapables de prendre une blague avaient riposté en nous traitant de « chasseurs de palourdes ». Eh! bien soit! Enfin, pour ce qui était des touristes ce soir-là, c'était bien le cadet de mes soucis. En autant qu'ils me laissent en paix, seule avec ma détresse.

Je prévoyais atteindre une douce euphorie, une agréable griserie afin de repousser dans un coin très reculé de mon cerveau les peines et les douleurs de la soirée. Et puis je dresserais une liste de tout ce que j'avais décidé de haïr. Avec les hommes en tête, évidemment.

Mon premier verre de vodka avec soda me monta directement à la tête puisque je n'avais pour ainsi dire rien mangé après avoir aperçu l'anneau d'or au doigt de Greg. Avec chaque gorgée que je prenais, j'imaginais la destruction massive que subissaient les cellules de mon cerveau. Bon, voilà que je pensais encore comme une infirmière ; il me fallait un deuxième verre.

Comment Greg avait-il pu me faire cela? Je l'avais aimé de tout mon cœur et de toute mon âme, sans compter les autres parties de mon corps. Je savais que je l'avais aimé d'une façon qu'Anna Ranucci ne pourrait jamais l'aimer. Pourquoi la gent masculine s'avérait-elle toujours aussi décevante? Greg n'était pas le seul. Loin de là. Il y avait eu une longue succession de types égoïstes et non sincères, tant avant qu'après Greg. Mais, le fait de voir Greg ce soir, et de le voir si heureux, avait été la brindille qui avait brisé le dos du chameau que j'étais.

Le barman plaça un deuxième verre de vodka-soda devant moi et je l'acceptai sans protester. Je devais vraiment avoir l'air d'en avoir besoin, assise là à évaluer cette coquille vide qu'était ma vie. Voilà que j'étais, à trente-sept ans, aux prises avec une profession qui ne me disait plus rien. Dieu sait que je ne voulais plus m'occuper des malades, mais je ne voulais pas non plus retourner à l'école pour étudier dans un domaine différent ou nouveau. Cela semblait nécessiter trop d'effort pour la femme fatiguée que j'étais. D'une certaine manière, j'avais laissé mon travail me drainer tout autant que les hommes. Me drainer de mes émotions et gâcher ma vie comme si je n'avais été qu'un instrument de plastique à jeter après usage.

Je levai les yeux vers le miroir situé derrière le comptoir du bar et j'y vis la réflexion d'une femme très lasse et très seule. Tous les gens autour de moi semblaient être en couple ou en voie de le devenir. Pour ma part, je ne cherchais pas de compagnie. Je ne demandais pas mieux que d'être seule. Je savais, pour avoir suivi de nombreux cours de psycho, qu'il s'agissait là d'un comportement destructeur mais, en toute honnêteté, ça m'était bien égal. Je n'avais pas de « partenaire de vie » et je n'avais aucune intention de me mettre à en chercher un. Quel terme stupide d'ailleurs. Bien sûr, c'était mieux qu'amoureux, un terme que j'avais cessé d'utiliser en atteignant la trentaine. « Amoureux », comme cela faisait juvénile! À trente ans, on est supposé avoir un mari, pas un amoureux. Et voilà déjà sept ans que j'avais dépassé l'échéance!

Puis, il y avait ce petit problème de poids persistant. Non, personne ne pourrait me considérer grosse, mais dernièrement, les aliments prêts à manger, les frites et les hambourgeois, sans compter l'absence d'exercice, commençaient à paraître dans mes hanches. Et cela me rendait encore plus misérable que jamais, si c'était possible.

Je pris une autre gorgée de vodka et me mis à résumer ma situation. J'étais une grosse infirmière malavisée et solitaire qui n'arrivait même pas à se rappeler comment on se sent quand on est heureux. Pire encore, Greg Anderson était grand, mince, riche, heureux et marié. Il me semblait que pour changer ma vie un tant soit peu, je devrais renoncer aux deux seules choses que j'aimais vraiment : les hommes et la restauration rapide. En fait, il me serait probablement possible de me passer des hommes. Ce serait comme de ne plus avoir de migraines. Non, c'était plutôt le réconfort et la facilité de la restauration-minute qui me paraissaient difficile à laisser tomber. Rien que d'y penser, je me sentais vide et défavorisée.

Je bus une autre gorgée de vodka, décidée à jouir encore de quelques moments de plaisir sans me sentir coupable avant d'entreprendre une fois de plus, un régime alimentaire rigoureux. C'est à ce moment précis que quelque chose d'étrange se produisit. Je *sentis* que quelqu'un me regardait depuis l'embrasure de la porte. Je ne le voyais pas assez bien pour distinguer ses traits à cause de la lumière intense à l'extérieur qui faisait en sorte que sa silhouette se découpait nettement dans l'entrée du bar sans qu'on puisse vraiment voir son visage. Alors comment pouvais-je savoir que c'était bien *moi* qu'il regardait? Je n'en sais rien, mais j'en étais convaincue. Je savais qu'il me regardait et qu'il m'examinait sous l'œil impitoyable d'un microscope.

Je chassai cette idée en me disant que ce devait être l'alcool qui saturait mon cerveau. Quel homme intelligent et sain d'esprit me regarderait *moi?* Il allait sans dire que je m'étais laissée aller avec le temps, et il était clair que je m'isolais, que j'érigeais une sorte de mur invisible qui ferait fuir tout homme intelligent (pour peu qu'il le soit) et l'enverrait paître de plus verts pâturages.

Bien que je n'arrivais pas à le voir avec précision, ce que je *pouvais* voir me paraissait très attrayant. Oh! Je prenais probablement mes désirs pour des réalités, parce qu'en ce moment, ma vie n'avait aucun sens.

Je ne savais pas encore qu'il n'est pas toujours nécessaire que les choses aient un sens.

Puis, comme l'orchestre finissait de jouer avant la pause, l'homme s'avança vers le comptoir et je pus mieux discerner ses traits. Il n'était pas particulièrement beau ou impressionnant dans le sens habituel du terme, mais il se démarquait immédiatement des nullards, des ivrognes et des desperados. Il était cool. Avec ses cheveux couleur d'ébène, courts à l'avant et longs à l'arrière, son T-shirt délavé et son blouson noir de motard aux manches roulées.

À ma grande surprise, il s'approcha tranquillement de moi, fit un signe de tête au barman et d'une voix un peu rauque mais tout à fait mélodieuse, commanda un jus de canneberges avec du soda. Cette requête amusante et singulière piqua ma curiosité. Décidément, il ne manquait pas de *présence*. Contre toute attente, mon regard se posa sur sa main gracieuse et j'y remarquai les poils noirs et drus de même que les belles veines proéminentes (que voulez-vous, je ne puis m'empêcher de penser comme une infirmière, même après quelques verres sur un estomac vide.) Je le vis laisser tomber un billet de dix dollars sur le comptoir et je notai, malgré moi, la nudité de son annulaire gauche.

Quand sa boisson non alcoolisée lui fut servie, je suis sûre de l'avoir vu me faire un clin d'œil avant de porter le verre givré à ses lèvres. Puis il déposa son verre à moitié vide sur le comptoir et se dirigea vers l'orchestre sans se soucier de laisser 7,50 $ en monnaie sur le comptoir. Il semblait savoir que personne ne prendrait ce qui lui appartenait. Que personne n'oserait. Il émanait de cet homme une aura des plus fascinantes.

Je ne pouvais en être tout à fait certaine, mais je pense qu'il me regardait en passant devant moi. Or, je n'étais pas d'humeur à encourager un ego masculin quel qu'il soit et je n'avais nulle envie de flirter alors je détournai rapidement les yeux. Je connaissais le genre, pour l'avoir rencontré à plusieurs reprises et je n'étais pas intéressée le moins du monde. Je pouvais facilement lire son jeu, il était le type d'homme dont je saurais très bien me passer, merci : imperturbable, plein de sang-froid et sans aucune passion. Le genre d'homme avec qui je tombe habituellement en amour, quoi.

J'ai maintenant compris que je suis une diabétique émotionnelle et que les hommes sont pour moi comme des tablettes de chocolat, sucrées et pleines de douceurs au début, elles finissent toutefois par être nocives. Non merci. Je ne m'étais pas fait broyer le cœur dans une déchiqueteuse sans apprendre une chose ou deux. Mais j'étais tout de même intriguée de le voir saluer les membres de l'orchestre et je ne pus que remarquer l'éclair de plaisir dans les yeux des musiciens quand ils le virent. Je suppose qu'il jouait, lui aussi, d'un instrument quelconque puisque les artistes semblent toujours capables de se reconnaître entre eux.

Je fis de mon mieux pour ne pas le regarder davantage et je tentai de me concentrer de nouveau sur mon verre de vodka qui, à ma grande surprise, était presque vide. Je ne me souvenais même pas d'avoir bu ce deuxième verre et malgré que j'aurais aimé en prendre un troisième, je m'en gardai bien. Comme avec la gent masculine, tout ce qui dépassait la limite de la modération ne m'apporterait que regrets au matin. Bon, il était temps de partir. Je ramassai mon sac à main et laissai un généreux pourboire sur le comptoir puis je me dirigeai vers la porte en me disant sagement que je venais tout juste d'éviter une autre peine d'amour.

En sortant de la fraîcheur du bar climatisé, la lourdeur de la nuit chaude et collante m'assaillit. C'était comme d'entrer dans un sauna. Les Bennies trouveraient sûrement cela oppressant, mais les chasseurs de palourdes indigènes, comme moi, rêvions de nuits comme celle-ci tout l'hiver durant. La grosse lune embrumée, ronde et pleine comme une femme enceinte, m'attira de l'autre côté de la rue et je me dirigeai vers le trottoir de bois qui longe le bord de la mer. J'ai toujours aimé regarder le va-et-vient des vagues paresseuses qui s'infiltrent dans le sable. Je pensais à ces Bennies qui ne se rendaient à la plage que pendant le jour. Ces citadins parés de lourdes chaînes en or, trop nombreuses pour qu'on puisse les compter, avec leurs crèmes solaires et d'épais maquillages, et transportant leurs grosses boîtes à musique. Il n'y avait que les chasseurs de palourdes pour apprécier la plage en soirée quand la lune éclaire de ses tendres rayons les moutons blancs et roulants, seuls les indigènes pouvaient entendre ces chuchotements marins qui révèlent tout sans rien dire.

La vague de chaleur précoce avait entraîné dans son sillon une foule de gens habituellement sédentaires, qui recherchaient, ce soir, la moindre brise. On les entendait murmurer doucement comme le veut la nuit, tandis qu'ils déambulaient le long du trottoir en espérant que la brise marine vienne les rafraîchir un peu. Réconfortée par le bruit de leurs voix, je me perdis bientôt dans mes propres pensées.

Comment pouvais-je être aussi déçue de moi-même et aussi malheureuse de la tournure que prenait ma vie? Pourquoi n'arrivais-je pas à trouver de solutions à mes problèmes? Qu'est-ce qui m'empêchait d'être heureuse? Je me savais pourtant intelligente. De toute manière, j'avais connu des gens bêtes et stupides qui étaient beaucoup plus heureux que moi. Comment trouver le moyen de combler ce vide stagnant dans ma vie?

J'errais sur ce trottoir de bois, complètement absorbée dans mes pensées sans avoir la moindre idée du merveilleux mystère qui m'attendait au tournant. Et je n'ai jamais vu la planche qui dépassait des autres et contre laquelle je butai malencontreusement. Je volai dans l'obscurité et tombai à genoux en me frappant la tête contre le garde-fou en métal. Je m'écrasai en haut de l'escalier qui mène à la plage.

Je scrutais l'obscurité devant moi en essayant de retrouver mes sens quand je crus apercevoir une forme insolite un peu plus loin sur le sable. J'avais dû me frapper la tête assez fort car je croyais voir un homme assis sur une moto, malgré que je sache pertinemment que c'était fort improbable. Aucun motard qui se respecte ne risquerait d'emmener son bolide dans le sable. Oui, j'étais maintenant persuadée d'avoir subi un traumatisme cérébral quelconque.

Je fermai les yeux et les rouvrit. Mais il y avait *bel et bien* un homme assis sur une motocyclette sur cette plage de sable. Quand ma vision fut complètement restaurée, je vis qu'il n'était pas assis sur n'importe quelle motocyclette, mais sur une Harley-Davidson. Les lignes nettes et racées du bolide à l'allure puissante semblaient se confondre avec la silhouette masculine de l'homme comme s'ils ne faisaient qu'un. Et, à ce que je sache, un homme et sa Harley, ne font effectivement qu'un.

L'homme et son engin se découpaient sur le fond du firmament éclairé par l'immense lune brumeuse, de celles qu'on ne voit qu'en été. Bien qu'éclairés par l'astre de nuit, je ne pouvais discerner les traits de l'homme, ni la couleur de ses yeux ou la texture de sa peau. Tout ce que je voyais c'était son profil rude, celui d'un homme qu'on *s'attend* à voir sur une Harley. Mais autre chose attira mon regard. Peut-être l'angle de son menton qui exprimait la douceur plutôt que l'arrogance ou la courbe de ses pommettes saillantes qui lui donnait une beauté presque féminine. À première vue, cependant, son profil était plutôt intimidant. Mais plus je l'observais, moins il m'intimidait. Il émanait de cet homme une telle impression de paix que j'en fus intriguée.

Puis je me rappelai la décision que j'avais prise au sujet des hommes quelque vingt minutes plus tôt dans ce bar de l'autre côté de la rue et je me réprimandai formellement. Voilà que j'étais repartie, me dis-je, bien trop romantique. Je suppose toujours qu'un homme a un certain mérite et ce, avant même qu'il ne fasse quoi que ce soit pour le prouver. J'imagine que mon cas est désespéré et que je n'apprendrai jamais.

« Bien sûr que si. » Les mots étaient suspendus dans l'air lourd et semblaient provenir de cet homme. La voix était claire et douce et bien que je ne m'y attendais pas, cette voix ne m'avait pas effrayée. Mais, un instant, elle *aurait dû* me faire sursauter. Cette voix avait répondu à mes *pensées*. J'étais certaine de ne pas avoir parlé tout haut. Comment cet homme avait-il pu m'entendre et pourquoi avait-il répondu? C'était peut-être lui qui pensait tout haut et il n'avait peut-être pas voulu qu'on entende ses mots. Oui, ce devait être cela. Une simple coïncidence.

Sa voix douce flotta de nouveau dans l'air tiède. « Les coïncidences tu sais, ça n'existe pas. Tout ce qui arrive, aussi insignifiant que cela paraisse, fait partie du courant universel. »

C'en était trop. « Qui êtes-vous? » demandai-je en apercevant l'éclat de ses dents blanches quand il sourit.

– N'aie pas peur, murmura-t-il avec une grande tendresse.

– Je n'ai pas peur de vous, ripostai-je avec un peu trop d'assurance, étant donné que
je me trouvais toujours à genoux après ma chute.

Il ne dit rien. Ce n'était pas nécessaire. Il me tendit simplement la main droite et attendit patiemment que je descende l'escalier pour la prendre.

Moi? Était-il fou? Avais-je l'air si bête? Ce mec avait clairement beaucoup à apprendre au sujet des femmes.

« Je t'en prie. » dit-il avec juste la bonne intonation et le bon mélange de douceur et de gentillesse.

Je n'étais plus que de l'argile entre ses mains.

3

Je n'hésitai qu'un moment sachant que je devrais me méfier, mais cet homme ne m'inspirait aucune crainte. Moi, la pire cynique que je connaisse, attirée par un inconnu, par une force indéfinissable, inqualifiable. J'approchai timidement sans jamais détourner les yeux de son doux visage. Je descendis les marches usées de l'escalier comme si je glissais. En arrivant en bas, j'enlevai mes chaussures et laissai le sable frais soulager mes pieds endoloris et gonflés par la chaleur. Je pénétrai dans la douce lumière qui l'entourait et il tendit davantage encore sa main droite tout en restant assis confortablement sur sa Harley.

Je le reconnus. C'était celui qui m'avait tant regardée au bar. Celui qui avait le style cool des musiciens.

Je serrai pudiquement sa main en retirant la mienne aussi vite que les bonnes manières le permettaient (ne me demandez surtout pas pourquoi en ce moment précis je me préoccupais d'étiquette et de bonne manières). Je sais qu'il perçut ma gêne et mon appréhension, mais il ne fit aucune remarque à cet égard.

– Mes amis m'appellent Joe, dit-il, le sourire aux lèvres. Je trouvai étrange cette manière de se présenter. Pourquoi ne pas dire tout simplement : 'Je m'appelle Joe'? Mais, et je le savais déjà, cet homme n'avait rien d'ordinaire ou de commun.

– Je suis Christine, avouai-je timidement.

– Je sais.

Normalement, considérant le nombre de prédateurs qui rôdent dans notre petite ville touristique en cette période de l'année, tous ces cœurs solitaires à la recherche d'une nuit d'amour sans lendemain, bref en temps normal, j'aurais pensé qu'il s'agissait d'un Bennie beau parleur, mais quelque chose me disait que j'aurais tort de penser ainsi. Il émanait de cet homme trop de sérénité pour qu'il s'agisse d'un Bennie et il était trop sophistiqué pour être un chasseur de palourdes. Sans savoir pourquoi ni comment, j'étais convaincue que ce n'était pas simplement un beau parleur. Il n'avait pas besoin de tels artifices. Il respirait l'authenticité.

– Dites-moi pourquoi une personne le moindrement sensée garerait une moto comme celle-là dans le sable? demandai-je en essayant de faire basculer la conversation sur autre chose que sur moi-même. Je voulais paraître sûre de moi et en bonne maîtrise de la situation, comme lui, mais je n'y arrivais pas tout à fait.

— Je ne suis pas certain que tu sois prête à connaître la réponse à cette question, dit-il sur un ton velouté avec ce sourire inlassable qu'il affichait depuis le début.

Bon, voilà que j'étais irritée, sans compter un peu intimidée. Bien sûr c'est mon irritation que je choisis de manifester. « Écoutez 'Joe', dis-je sur un ton très sarcastique, cela m'est bien égal de savoir comment vous vous êtes rendu jusqu'ici, j'essayais seulement de faire la conversation, c'est tout. Et je n'ai que faire de vos grands airs de 'Monsieur Mystère'. » Sur ce, je tournai dramatiquement sur mes talons et me mis à marcher lourdement dans le sable en me dirigeant vers la sécurité du trottoir.

Sa voix pleine de douceur me parvint dans la chaleur de cette nuit collante et ses paroles m'allèrent droit au cœur.

— Toujours la petite fille effrayée qui doit montrer au monde entier combien elle est forte, n'est-ce pas Christine? Tu as encore peur que quelqu'un ne voie le chou à la crème que tu caches. »

Je voulais croire au sarcasme ou à l'hostilité de ses paroles, mais je n'y vis que la vérité, une vérité qui me transperça le cœur et me rendit les jambes complètement molles. Je m'arrêtai net sans me retourner vers lui. *Qui* donc était-il?

« Sors de l'obscurité, Christine » me dit-il avec une grande douceur. « Tu as déjà passé beaucoup trop de temps cachée dans l'ombre. »

Foudroyée par ses mots, je sentis les larmes me monter aux yeux. Comment cet homme pouvait-il connaître des sentiments et des pensées que je n'avais jamais exprimés? Cette impression que j'avais de vivre sans réaliser mon plein potentiel de peur de devenir le centre d'intérêt, de peur de m'épanouir véritablement. Comment pouvait-il savoir ces choses et qu'est-ce que cela pouvait bien lui faire?

Je me dis que malgré tout ce qu'il pouvait savoir à mon sujet, il était impossible que ses intentions fussent pures. C'était un homme après tout. Je lui jetai un dernier coup d'œil avant de partir. Toutes les histoires d'horreur que j'avais entendues concernant des femmes qui s'étaient fait attaquer le soir jaillirent dans mon esprit et le bon sens me disait que je devais m'enfuir et vite. Mais quelque chose en moi était attiré par cet homme et je me mis à marcher vers lui sans l'accord de mon cerveau.

– Voilà qui est mieux, dit-il en souriant.

– Je ne comprends pas, murmurai-je d'une voix tendue et les yeux pleins de larmes à peine retenues. *Qui* êtes-vous et comment savez-vous toutes ces choses à mon sujet? J'avais horreur du ton suppliant que je percevais dans ma voix.

— Tu comprendras tout cela en temps et lieu répondit-il en souriant toujours. Je répondrai à toutes tes questions, même celles que tu n'as pas encore formulées. N'aie pas peur. Je ne suis là que pour t'aider.

J'étais fascinée, envoûtée par cette voix ; en même temps, une partie de moi se révoltait du fait que je croyais ce que disait cet inconnu. Je sentais pourtant que je devais continuer à jouer les dures.

— Qu'est-ce qui vous fait croire que j'ai *besoin* que l'on m'aide? Comment savez-vous, comment quiconque saurait-il ce dont j'ai besoin? Je n'aimais vraiment pas ses airs supérieurs.

— Je suis désolé pour les airs supérieurs, dit-il penaud, c'est bien involontaire. Seulement, vois-tu, personne d'autre ne pourrait t'aider comme je m'apprête à le faire ni t'apprendre le genre de choses que je veux t'enseigner. Personne ne pourrait même deviner combien il te reste encore à apprendre. Tu joues tellement bien ton jeu.

À ces mots, je me sentis à la fois un peu mieux et un peu pire. J'étais complètement mêlée mais, et c'est surprenant, je n'avais pas peur du tout. Il y avait en lui une telle douceur et une telle humilité qu'on ne pouvait manquer de percevoir, même quelqu'un d'aussi cynique et d'amer que moi. Quelque chose en lui faisait que je

me sentais en sécurité. Un instinct venu du plus profond de mon être me disait qu'il n'était pas là pour me
faire du mal, qu'il n'en était même pas capable.

Il poursuivit de sa voix basse et rassurante.

– Tu dois me croire, Christine. Je sais que la confiance n'est pas chose facile pour toi et ce n'est pas étonnant si l'on considère toutes les peines, les blessures et
les tragédies presque fatales que ton cœur a subies. Mais
si tu ne m'accordes pas ta confiance, aussi peu qu'un
grain de sénevé suffirait, il n'y a pas grand-chose que je
puisse faire pour toi.

Sa référence à la parabole biblique ne passa pas
inaperçue et je me demandai s'il ne s'agissait pas d'un
fanatique religieux qui se prenait pour Dieu.

Il se mit à rire avec bonhomie, presque comme si
j'avais prononcé les mots à haute voix. J'étais pourtant
certaine de ne pas avoir dit ces mots tout haut. Puis il
m'a parlé de mon enfance, de choses que personne n'aurait pu savoir. C'est ainsi qu'il me décrivit la peur horrible que j'avais eue de Sœur Marie-Michel, celle qui
m'avait enseigné la deuxième année. Un soir, après
avoir perdu le devoir que je devais remettre le lendemain, j'avais prié pour qu'elle ait une crise cardiaque et
qu'elle meure pendant la nuit. Puis il décrivit en détails
les moments difficiles de mon adolescence pour le
moins houleuse. Il était au courant des deux fois que
j'avais pris de la drogue et il savait combien j'aimais

relaxer le soir avec un verre de Chardonnay avant de me coucher. Il me parla de toutes les liaisons amoureuses que j'avais eues et de l'amertume que ces relations malsaines et destructrices avaient laissée dans mon cœur brisé. Il connaissait ma liaison avec Greg Anderson et la manière dont mon cœur avait explosé en mille morceaux un peu plus tôt quand j'avais aperçu l'alliance à son doigt.

Il connaissait ma vie dans ses moindres détails, tous mes défauts, toutes les prières que j'avais dites, chacun de mes moindres désirs. Quand il eut fini de me raconter l'histoire de ma vie, avec des détails que j'avais moi-même oubliés, des larmes chaudes coulaient le long de mes joues. Je ne me sentais plus aussi forte et coriace tout à coup.

– *Qui* êtes-vous? demandai-je encore une fois mystifiée.

Il ne répondit pas tout de suite et essuya doucement mes larmes.

– Je suis le « Dieu » que tu fuies depuis toutes ces années. Avec son pouce, il attrapa une grosse larme qui serait autrement tombée de ma joue. « Certains sont vraiment rebutés par le mot Dieu, dit-il en souriant, alors ils utilisent des expressions comme 'Puissance Supérieure' ou 'Force Universelle'. Ce ne sont pas les termes qui manquent et tu peux même en inventer un si tu préfères. Celui qui te conviendra fera l'affaire. »

– Je pensais que vous vous appeliez Joe, dis-je à travers mes larmes.

– C'est vrai. Du moins c'est le nom que j'ai choisi en venant ici ce soir. Je l'ai emprunté à celui qui, selon la plupart des gens, a été mon père nourricier. Tu sais, Joseph de Nazareth. Mais, je laisse tomber le Nazareth. Cela a tendance à aiguiser les soupçons.

– Je ne comprends pas, dis-je. Après tout, je suis athée et je ne m'en cache pas… Et j'ai beaucoup trop souffert dans ma vie pour croire à un tel concept. Particulièrement un « Dieu » bon et aimant.

– Cela ne fait rien, dit Joe, en posant son index dans le petit creux juste au-dessus de ma lèvre supérieure. C'est bien naturel. Tu t'habitueras à tout ceci. Après tout, il y des années que tu coures dans l'autre direction. Donne-toi le temps.

– Pourquoi répétez-vous toujours cela? insistai-je. Si vous étiez *vraiment* un Être Mystique ou une Force Universelle, vous sauriez qu'il y a des années que je vous fais des prières et que vous ne les entendez jamais, ajoutai-je sans pouvoir m'en empêcher.

– Alors comment se fait-il que je sache tout ce que je viens de te raconter à ton sujet? Et particulièrement ces prières dont je viens de te parler?

Je regardai sans mot dire son doux visage qui respirait la paix. « Vous êtes responsable de bien des choses » lui dis-je.

Il sourit patiemment et acquiesça d'un signe de tête. « Nous sommes tous responsables. Nous évoluons continuellement, nous nous améliorons sans cesse et nous nous approchons de plus en plus de ce qui est vrai. Même moi, admit-il. »

— Même vous? Ah! Décidément je n'y comprenais rien. Comment ce supposé « Dieu » ou Être Mystique ou quel que soit son nom, pouvait-il être encore en quête de réponses et de vérités?

— Je sais ce que tu penses, dit-il, personne n'est parfait, vois-tu. La perfection n'est qu'une illusion, une façon de nous faire viser plus haut.

— Vous pouvez lire mes pensées, n'est-ce pas?

— Je préfère dire que j'entends ce que tu penses.

— Bon, alors écoutez ceci. Et avec une étincelle de défi dans le ton, je lui dis : « Je veux savoir pourquoi tant de mes prières sont demeurées sans réponse. Je veux savoir pourquoi vous avez rendu la vie si difficile à tant de gens, vous savez, la faim, la maladie, ce genre de choses. Et aussi, pourquoi vous avez établi un tas de règles auxquelles il est impossible de toujours se conformer. Et pour finir, vous avez fait en sorte qu'on se sente coupable chaque fois que l'on enfreint ces règlements... »

Voilà que je ne pouvais plus m'arrêter.

— Tu parles sans doute des dix commandements, dit-il l'air peiné. Et je ne pus m'empêcher de remarquer que cet homme avait une espèce de beauté sournoise,

41

une beauté qui se révélait graduellement, avec le temps. Plus il parlait, plus je le trouvais beau.

– Cette saloperie, oui! Il y avait bien longtemps que je rêvais de me laisser aller à profaner devant Dieu, et cela avait valu la peine d'attendre. Quelle satisfaction! Encouragée par l'absence de réfutation, je poursuivis. « Ces commandements étaient plutôt sévères, vous savez. Vous n'avez pas laissé de place pour le côté humain là-dedans. Et puis rien au sujet des circonstances atténuantes, vous savez, toutes ces fois où l'on doit contourner les règles. »

Quand j'eus tout dit ce que j'avais sur le cœur, je me sentis beaucoup mieux, oui vraiment mieux. Même si je ne m'attendais pas à obtenir de réponse. Ces questions, je les portais en moi depuis trop longtemps et le seul fait de les exprimer suffisait presque.

Joe fixait l'horizon sombre, les mains dans les poches de son jean. « Cela va être un peu plus compliqué que je ne l'avais cru » dit-il.

Un silence s'installa entre nous. Je me dis qu'il ne devait pas sentir le besoin de répondre à mes questions ni de se défendre de tout ce dont je venais de l'accuser. Puis une chose étrange se produisit. Les vagues de la mer cessèrent leur mouvement. Les gens qui déambulaient le long de la plage et du trottoir s'immobilisèrent. La lune se mit à briller avec plus d'intensité et un de ses faisceaux lumineux nous encercla Joe et moi.

Pour la première fois depuis notre rencontre, j'eus vraiment peur.

— Je ne comprends pas ce qui arrive, dis-je en m'approchant davantage de Joe et de sa moto.

— C'est très simple, dit-il. Je te prépare à vivre. Et j'entends par là vivre *vraiment*. Une vie significative. Il tourna son visage parfait vers la lune et continua d'un air absent. « Tu as raison au sujet des dix commandements. J'étais plutôt novice dans l'art de la Force Universelle à l'époque, et quand cette idée d'une série de commandements m'est venue, je n'ai pas réalisé que je manquais un peu de souplesse. En toute honnêteté, c'est tout simplement parce que je n'avais pas compris qu'une série de commandements, quels qu'ils soient, ne peut servir à guider tout le monde. Chacun se trouve à niveau différent dans son développement et son évolution. Et, il n'est certes pas nécessaire que ce qui fonctionne pour l'un fonctionne aussi pour l'autre. Mais je ne savais pas tout cela à l'époque. » Il se tourna pour me faire face. Je vis que ses yeux avaient pris la teinte sombre et ténébreuse de l'océan. Si, plus tôt, j'avais eu des doutes, j'étais maintenant convaincue que cet homme était étroitement lié avec l'univers.

— C'est pourquoi je suis revenu, poursuivit-il. Je veux rejoindre tout le monde encore une fois et donner à chacun sa propre série de commandements. Tu sais des directives personnelles qui s'adressent à une personne donnée et non à la masse.

Il plaça ses belles mains sur mes épaules et me regarda intensément. « Et maintenant, c'est ton tour, Christine. C'est pour toi que je suis venu ici. Je suis désolé de tout le temps que cela m'a pris pour arriver jusqu'à toi, mais je suis sûr que tu peux imaginer l'ampleur de ma tâche. »

Je restai muette, incapable de répondre. Je commençais même à me demander si quelqu'un n'avait pas laissé tomber quelque chose dans mon verre un peu plus tôt. Tout ceci n'était peut-être qu'une illusion, une hallucination.

– Christine, il est maintenant temps pour toi de commencer une nouvelle vie. Je suis le « Dieu » que tu cherches si désespérément. Je suis ce « Dieu » dont tu doutes parfois de l'existence. Je suis ce « Dieu », qui crois-tu, te juge et te punit. Mais tu ne me connais pas… Et c'est surtout ma faute. Peut-être que je ne t'ai pas toujours fait sentir ma présence, mais tu dois me croire, Christine, je suis le « Dieu » qui t'a vue grandir et te décourager. J'ai essayé de t'aider à plusieurs reprises, mais au lieu de me faire confiance et d'accepter mon aide, tu choisissais de te mettre en colère et d'être sur la défensive. Je comprends tout cela, et j'espère que tu sais que je n'ai jamais cessé de t'aimer et que je ne t'ai jamais laissée tomber.

La terre était toujours immobile. Tout n'était que silence comme dans l'attente d'une réponse de ma part. Mais je n'avais pas tout à fait fini de critiquer et parler ne coûtait rien.

– Alors pourquoi maintenant? Pourquoi n'êtes-vous pas venu plus tôt, toutes ces fois où j'avais *vraiment* besoin d'aide? Pourquoi maintenant? Maintenant que tout m'est égal. Maintenant que je ne vis pas de crise particulière. Maintenant que j'ai appris à vivre sans Dieu.

Puis une pensée terrible me traversa l'esprit : « Est-ce que je vais mourir? »

Un éclair d'amusement traversa son regard et il répondit en souriant : « Au contraire. Tu vas enfin vivre. Je vais t'apprendre à vivre en paix. Une paix comme tu n'en as jamais connue auparavant. Une paix si belle et si épanouissante que tu en oublieras probablement ce qu'a été ta vie jusqu'à maintenant. »

– Bonne chance, dis-je sarcastique et je vis un froncement presqu'imperceptible traverser son visage expressif. Je regrettai aussitôt mes paroles et mon ton amers. En dépit de la résolution que j'avais prise de ne plus m'en faire avec les sentiments de la gent masculine, je ne pouvais supporter de voir cet homme triste, blessé. « Écoutez Joe, repris-je. La religion, ce n'est pas pour moi. J'ai passé trop de temps à l'église et au couvent avec les religieuses et il ne me reste plus une parcelle de foi. »

Il sourit avec patience. « Je sais ce que tu penses de la religion et j'avoue que c'est probablement ma faute si tu as de telles opinions. C'est justement ça l'erreur que j'ai faite, il y a si longtemps. Mais je ne suis pas le seul fautif, tout le monde s'est mis de la partie. Les gens ont mal interprété la presque totalité de ce que j'avais dit et quand ils se sont vus incapables de se mettre d'accord sur mes propos, ils se sont fait la guerre. Oui, cela a vraiment déraillé. C'est pourquoi je suis là, dit-il solennel. Pour tenter de redresser les torts. »

– Toute une tâche, dis-je en remarquant qu'autour de nous, tout était encore immobile. Il en serait sans doute ainsi jusqu'à ce qu'il ait terminé ce qu'il avait à dire. En fait c'était très impressionnant. Il n'y avait rien pour me distraire de notre conversation. Je ne savais pas du tout comment il avait réussi à faire cela, mais c'était certainement un outil de communication très efficace. « Et comment vous proposez-vous d'accomplir cela? » demandai-je vivement impressionnée.

– En rencontrant chacun individuellement bien sûr, répondit-il sans hésiter. Toi, par exemple, je vais te donner ta propre série de commandements bien personnels. Des lignes de conduite que tu comprendras et qui te permettront de goûter une paix profonde comme tu n'en as jamais encore connue. J'ai des séries de directives différentes pour chacun. Certaines personnes en ont besoin d'un plus grand nombre que d'autres. Tout dépend de la manière de vivre des uns et des autres, des complications que chacun a introduites dans sa vie.

J'étais bien contente qu'il ait retrouvé son enthousiasme.

— Et combien de commandements avez-vous prévus pour moi?

— Six répondit-il presqu'avant que je ne finisse ma question.

— Je suppose que je suis moins compliquée que je ne l'aurais cru, dis-je avec légèreté. Ne me dites pas que vous les avez gravés sur des blocs de pierre et qu'il me faudra escalader une montagne pour aller les chercher.

Il ne comprit pas ma blague.

— Oh! non, dit-il sérieusement, ce sera beaucoup plus difficile que d'escalader une montagne. Vois-tu je vais rester avec toi pendant quelque temps. Ce qui signifie que je vais être présent dans ta vie jusqu'à ce que je sois convaincu que tu comprends bien ces commandements. Je t'observerai quelques fois pour voir comment tu les mets en pratique et je ne partirai qu'une fois que je serai satisfait et persuadé que tu vas bien. J'irai ensuite retrouver la prochaine personne. Voilà comment je fonctionne.

Son visage adorable était presque juvénile et je ne voulais pour rien au monde décevoir cet homme. Je n'avais plus aucun doute sur son identité. Malgré tout mon scepticisme, il n'y avait, selon moi, qu'une seule personne capable d'arrêter le mouvement des vagues, d'intensifier l'éclat de la lune et d'immobiliser les gens autour de nous, et ce n'était pas quelqu'un de cette planète.

— Alors, depuis combien de temps faites-vous cela? demandai-je. J'entends, depuis quand apportez-vous à chacun sa série de commandements personnels?

— Cela ne fait pas encore assez longtemps, il semble. Le travail s'accumule. Mais j'apprends toujours et je ne cesse de m'améliorer et de devenir plus efficace.

— Êtes-vous maintenant suffisamment efficace pour je ne n'aie plus à m'inquiéter que vous n'entendiez pas mes prières? demandai-je sérieusement.

— Christine, je sais que c'est difficile pour toi de le comprendre, mais c'est *toi* qui me tournais le dos. Son visage exprimait toujours la douceur et la bonté, mais son ton était ferme. « Il faut que tu saches que je ne t'ai *jamais* laissée tomber et que je ne te laisserai *jamais* tomber, quoi qu'il arrive. »

Il me fallait absorber tout ceci et je me mis à examiner sa motocyclette ainsi que ses baskets usés, qui avaient jadis été blancs.

— Pourquoi avez-vous choisi de venir à moi sur une Harley?

— Pour attirer ton attention, répondit-il simplement.

— Pourquoi le t-shirt, le blouson de cuir, le corps superbe?

— Il me fallait un nouveau look, répondit-il en souriant. Aujourd'hui, les gens n'apprécient plus vraiment les sandales et les cheveux longs. Ce style convenait bien jusque dans les années soixante. Mais maintenant...

— Bon, je veux m'assurer de bien saisir vos propos, vous êtes en train de me dire que vous *êtes* Dieu, n'est-ce pas?

Il comprenait ma réserve. Il s'était sans doute buté à de telles réticences plus d'une fois déjà. Il parla lentement en prenant soin de bien choisir ses mots pour l'être soupçonneux au cœur endurci que j'étais.

— Je suis tout ce qui est bon, généreux et fort dans l'univers. Je suis l'énergie qui permet aux semences de s'épanouir et aux fleurs de se tourner vers le soleil. Bien que je sois silencieux et subtile, on ne doit pas sous-estimer ma présence. Je suis toi et tu es moi. Si tu veux m'appeler « Dieu », eh bien! soit, mais je ne vois pas d'objection à ce que tu choisisses un autre terme qui te convienne mieux ou avec lequel tu serais plus à l'aise.

— Je ne suis définitivement pas à l'aise avec « Dieu », répondis-je rapidement. J'ai passé trop de temps à lui en vouloir et à être fâchée contre lui.

— Je sais.

— J'ai besoin d'une nouvelle image de lui. Une qui ne nécessite pas de majuscule.

— me voici.

– Comment faites-vous cela? Parler en lettres minuscules, je veux dire.

– Christine, tu peux comprendre tellement de choses merveilleuses. Ne perds pas ton temps en ressentiment, en amertume ou en pensées négatives. Il y a tant de bonnes et belles choses à apprendre, crois-moi. Fais-moi confiance. Nous avons beaucoup de travail à faire, mais tu n'auras pas l'impression de travailler, je te le promets. Tu vas voir, ce sera vraiment merveilleux.

J'étais toujours réticente. Bien que mon cerveau était tout à fait convaincu, mon cœur mettait désormais plus de temps à accepter les nouveaux concepts. Il avait trop souvent été déçu et blessé pour croire naïvement le premier venu. Même si celui-ci se disait un Être Mystique et semblait littéralement extraordinaire. Je ne pouvais me résoudre à employer le mot « Dieu ». De tous ceux qui m'avaient laissée tomber, Dieu avait été le pire offenseur, la plus grande déception. Je n'avais jamais, au grand jamais, senti qu'il était à mes côtés. Non, même si ce type était vraiment Dieu, j'étais encore en colère contre lui. Je sentais encore le besoin de railler et d'être sur la défensive. Il me fallait laisser le temps à mon cœur de rattraper ma raison.

– Ouais, eh bien! j'ai connu pas mal de types qui *se prenaient* pour Dieu, mais vous êtes le premier à m'avoir presque convaincue, dis-je avec un sourire narquois et trente-sept ans de sarcasme dans la voix.

Il était bien trop sage et trop sincère pour rire de mes propos qui étaient, somme toute, loin d'être drôles. Ses yeux doux et bruns brillaient à la lueur de la lune et ils reflétaient douceur et beauté.

— Essaie de ne pas avoir si peur, Christine. Ne sois pas amère. Aie confiance en toi. Apprends à lâcher prise. Il y a toute une vie qui t'attend. Laisse ta colère se dissiper et laisse-moi te guider.

— Qu'est-ce qui me dit que je peux vous faire confiance cette fois? demandai-je timidement.

Il posa un doit long et effilé sur mes lèvres : « Shhhhh. Entends-tu cela? »

Mais je n'entendais rien et je le lui dis.

— C'est le bruit des murs qui s'effondrent. Des murs que tu as érigés tout autour de ton cœur. Les entends-tu maintenant? Tu commences à peine à me faire confiance et déjà tes murs s'écroulent.

— Non, je n'entends rien, dis-je obstinément.

— Cela ne fait rien, répondit-il tranquillement. Pourvu que moi, je sache qu'ils tombent. Quant à toi, tu t'en apercevras en temps et lieux. En passant, c'est le premier de tes commandements : « N'érige plus de murs et apprends à transcender ceux que tu rencontres. »

— Je ne comprends pas. Comment une telle consigne peut-elle m'aider à trouver le bon chemin.

— C'est ce que tu vas m'expliquer, répondit-il toujours aussi patient.

Bon Dieu! Voilà qu'il me faisait travailler. « Eh bien! je suppose que je me suis entourée de murs très étanches depuis toutes ces années, dis-je pensivement. Vous savez, des murs pour me protéger de vous, pour m'empêcher de croire en vous, bien que vous vous trouviez là devant moi. Et puis j'ai aussi utilisé ces murs pour m'isoler et tenir les autres à l'écart. »

Joe acquiesça en signe d'approbation sans rien dire. Je pensai qu'il voulait que je poursuive.

— Mais j'aimais ces murs. Ils me protégeaient. Ils empêchaient bien des malheurs de pénétrer de et m'atteindre.

— Ils ont aussi empêché la peur de sortir et t'ont confinée dans cette peur. C'est pourquoi ils sont si dangereux. Ils t'empêchent de voir la réalité.

— Bon d'accord concédai-je, mais qu'entendez-vous par transcender les murs? Êtes-vous en train de me dire que je dois maintenant détruire ces murs que j'ai mis tant d'années à construire et à entretenir?

— Non, dit-il. Ce serait beaucoup trop de travail. Il est tellement plus simple de s'élever au-dessus de ces murs. Tu sais, fonctionner indépendamment de ceux-ci. Les ignorer tout simplement. Ce n'est pas aussi difficile que tu le penses. Le plus difficile, en fait, c'est d'apprendre à ne plus en ériger. Essaie d'aller au-delà de tes murs, quelle que soit ta peur.

J'étais complètement déconcertée. Je ne savais pas comment m'y prendre. Mes murs m'étaient utiles et peut-être que je ne *voulais* pas m'en défaire.

– Je sais que c'est difficile, murmura-t-il, mais c'est ta seule chance si tu veux une vie qui ait un sens, une signification.

Je restai là, bouche bée, fascinée par cet homme qui promettait de me montrer le chemin du bonheur. Une partie de moi voulait désespérément le croire mais je craignais d'être déçue encore une fois.

– Je ne te décevrai pas cette fois, Christine, dit-il tout doucement. Ses mots firent sur mon cœur, l'effet de l'eau chaude que l'on verse sur un bloc de glace et des ruisselets d'espoir se mirent à couler de mes yeux.

– OK, dis-je en reniflant. Je me rends.

Il me prit dans ses bras et je m'abandonnai à son étreinte, abritée, protégée du monde. L'oreille collée à son torse musclé, je pouvais entendre le battement lent et régulier de son cœur. Au début, l'infirmière en moi diagnostiqua un rythme sinusien normal, mais plus j'écoutais et plus le bruit devenait semblable à celui du flux et du reflux de la mer. Joe me sourit et soudain, je ne cherchais plus de réponses malgré les mille et une questions qu'il me restait toujours. Un nuage de sérénité et de paix m'enveloppa et je ne voulais rien faire qui puisse le dissiper.

– J'ai toujours craint que vous n'existiez pas, avouai-je, les larmes aux yeux.

– C'est parce que tu avais peur de moi et il était plus rassurant pour toi de ne pas croire en moi.

– Mais toutes sortes de choses difficiles ne cessaient de m'arriver et j'avais l'impression que vous m'aviez oubliée, répliquai-je. Il me semblait plus logique de vous blâmer, pour tous mes malheurs.

Il passa sa main dans mes cheveux et regarda la noirceur au loin.

– Essaie de comprendre que lorsque tu me blâmes pour tes malheurs, c'est toi-même, en réalité que tu tiens responsable. N'oublie pas : je suis toi et tu es moi. Nous sommes liés à tout jamais, quels que soient les efforts que tu déploies pour me bannir de ta vie.

Il desserra son étreinte, prit mon menton entre ses mains et me força à regarder dans l'infinité de ses yeux bruns. Ce que j'y aperçus m'étonna. C'était le reflet de mon propre visage qui me regardait fixement. Mais j'étais belle, d'une beauté qu'aucun appareil photo n'arriverait à capter sur pellicule. Il y avait sur mon visage ce même air de paix et de sérénité que j'avais remarqué chez Joe un peu plus tôt. Les petites ridules nées de vieilles blessures et de déceptions anciennes avaient disparu, remplacées par quelque chose d'indicible, d'indescriptible et de merveilleux qui se lisait dans mes yeux. J'étais muette d'étonnement, ce qui le fit rire.

– Tu t'y habitueras. C'est de cette paix dont je te parle. Puis changeant de sujet brusquement, il ajouta : « Il y a encore une chose que j'ai oubliée de te dire. »

J'attendis silencieusement sans savoir à quoi m'attendre.

– Tu ne dois pas parler de nous deux à qui que ce soit. Pas encore. C'est très important.

– Mais un type comme vous, enfin, j'aurais pensé que si vous êtes *vraiment* Dieu, vous voudriez que j'en parle, que les gens sachent.

– Non, vois-tu cela n'a pas très bien fonctionné la dernière fois. C'est un peu comme ce jeu du téléphone. On murmure un secret à l'oreille de la personne à côté de soi et par le temps que le message arrive à la dernière personne en ligne, il est complètement déformé, faussé. Eh! bien quand on fait quelque chose du genre à plus grande échelle, c'est le chaos, parfois même la guerre.

– Je n'y avais jamais pensé ainsi, dis-je en entendant les bruits de pas qui reprenaient sur le quai. L'océan avait aussi repris son va-et-vient inlassable. Tout semblait revenu à la normale. J'aperçus un patrouilleur de plage qui venait vers nous et je mentionnai à Joe qu'il devrait peut-être déplacer sa motocyclette avant de recevoir une contravention. Il se mit à rire sans que je ne comprenne pourquoi. Il y avait encore tellement de choses que je ne comprenais pas, mais j'avais l'impression que j'étais à la veille d'en apprendre beaucoup.

– Est-ce que je vous reverrai, demandai-je sans gêne aucune.

Son visage s'illumina et il sourit : « Tiens! Tu viens de le faire! »

– Faire quoi?

– Tu viens de transcender ton premier mur sans même y penser. Tu as demandé si tu me reverrais. Je sais que ce n'est pas quelque chose que tu demanderais normalement à un homme, même si cela te démangeait. Ce sont des murs comme celui-là qui t'étouffent et te consument à petit feu.

Il avait raison, bien sûr. Et j'étais très contente de la facilité avec laquelle j'avais réussi à transcender ce premier mur. J'étais maintenant certaine de pouvoir le faire.

– Il y a de l'espoir pour moi, après tout, dis-je à demi sérieuse.

– Il y en a toujours eu, répondit-il le plus sérieusement du monde.

– Il faut que je rentre, dis-je. Il se fait tard et je dois réfléchir à tout ce qui vient de se passer.

– Je te téléphonerai, lança-t-il, tandis que je me dirigeais vers le trottoir et que je croisais le patrouilleur qui venait vers nous. Ce n'est qu'une fois dans la voiture, les portes verrouillées, que je me suis rendu compte que Joe ne m'avait pas demandé mon numéro de téléphone. Mais il avait dit qu'il me téléphonerait et j'avais besoin d'y croire.

« C'est ce qu'ils disent *tous*, » me murmura une petite voix intérieure.

4

*D*eux semaines passèrent sans que j'aie de ses nouvelles. Je m'aperçus que j'attendais désespérément que
le téléphone sonne. J'étais découragée de me voir
réduite à un tel comportement d'adolescente. Il
m'avait totalement envoûtée ce soir-là sur la plage et je
ne pouvais m'empêcher de penser à lui constamment.
J'essayai de me convaincre que je traversais une crise de
domesticité aiguë et que c'était pour cela que je passais
autant de temps dans mon appartement à frotter et à
réarranger les meubles. Mais je connaissais la véritable
raison de ma sédentarité bien que je ne voulais pas
l'admettre. Malgré un répondeur téléphonique tout à
fait fiable, je voulais être là, coûte que coûte, quand Joe
appellerait, *si* il appelait.

Comme l'appel ne vint pas, mon cœur fut envahi de doutes sérieux qui gagnèrent tout mon être. L'amertume et le ressentiment s'emparèrent de moi alors que seulement quelques jours plus tôt de petits grains d'espoir avaient commencé à germer. Au fond, je savais qu'il me fallait être réaliste. Comment osais-je espérer qu'il me téléphone alors que je ne lui avais même pas donné mon numéro? Et pourquoi ne me l'avait-il pas demandé? Quoi que d'obtenir un numéro confidentiel devait être plutôt simple pour un type capable d'arrêter le mouvement des vagues, d'augmenter l'intensité de la lune et d'immobiliser l'humanité tout entière.

Je commençais à me demander si je n'avais pas rêvé tout cela. Pire encore, c'était peut-être un état pathologique semblable à une grossesse nerveuse au cours de laquelle une femme qui désire ardemment avoir un enfant développe de nombreux signes de grossesse, et même jusqu'au gros ventre. Puis, elle entre en travail mais n'accouche de rien. Il n'y a pas de bébé, il n'y en a jamais eu. Ce n'est que l'esprit qui force le corps à réagir selon ses désirs les plus profonds.

Peut-être que le soir où j'avais rencontré Joe n'avait été qu'une manifestation de ce genre de phénomène. Peut-être que je souhaitais tellement un homme dans ma vie et que je voulais tellement croire en un Dieu juste et aimant, que mon esprit avait crée spécialement pour moi ces deux êtres en un seul. Ce n'était peut-être pas plus vrai que cette fausse grossesse. Oui, ce devait être cela.

Je regardai encore une fois le téléphone muet qui, à son tour, semblait me dévisager et je me rendis compte à quel point j'étais lasse de ces hommes qui vous disent qu'ils vont vous appeler et qui n'appellent jamais. Je chaussai mes tennis et décidai d'aller courir le long de la mer. Dans des moments comme celui-ci, les exercices vigoureux m'avaient toujours fait le plus grand bien. Cela m'éclaircirait les idées et m'aiderait à remettre les choses en perspective, sans compter toutes les calories que je brûlerais.

Il n'y avait que quelques joggeurs acharnés qui couraient malgré la chaleur suffocante. C'était les mêmes que je voyais en hiver, ceux qui couraient malgré les blizzards et des températures inférieures à moins vingt degrés Celsius. Apparemment le nirvana des coureurs valait bien tous les supplices. Pour ma part, je n'en connaissais encore que les supplices précurseurs. Je fis quelques étirements avant de commencer à courir. J'étais tout en sueur avant même d'avoir franchi le deuxième kilomètre. Je ne sais pourquoi, mais ce dur labeur me plaisait vraiment. Transpirer, essayer de repousser mes limites, tout cela me faisait du bien. Je me concentrai sur le rythme glorieux du pas de course, sur l'exultation qui en découle ainsi que sur cette impression qu'on a d'être en santé et en pleine forme.

À ma grande surprise, je courus plus que mes trois kilomètres habituels sans même être essoufflée. Je poursuivis donc ma course en écoutant le battement des vagues sur le rivage et en saluant les coureurs qui venaient en sens contraire. J'ai dû courir près de dix kilomètres avant de m'arrêter. Je me sentais merveilleusement bien tandis que les endorphines libérées par l'effort vigoureux affluaient dans mes veines. Je décidai d'essayer de faire un peu plus d'effort chaque jour afin d'augmenter graduellement la longueur de mon parcours.

Le téléphone sonnait quand je tournai la clé dans la serrure. Je saisis un linge à vaisselle au passage et courus répondre en essuyant mon front en sueur.

— Allô? dis-je encore un peu essoufflée.

— Il est à peu près temps que tu cesses d'obséder à mon sujet et que tu commences à penser à ton propre bien-être, dit une voix mélodieuse au bout du fil.

— Joe, dis-je incapable de cacher ma joie. Où donc étiez-vous?

— Tu veux dire « Pourquoi n'aie-je pas téléphoné plus tôt? » Dis ce que tu penses, Christine, ajouta-t-il doucement avec prudence et sans aucune trace de blâme.

— Bon d'accord. Pourquoi n'avez-vous pas téléphoné plus tôt? Je commençais à croire que vous m'aviez laissée tomber.

– Je sais et c'est la raison pour laquelle je t'appelle. Tu es vraiment têtue, n'est-ce pas?

– Oui, surtout s'il s'agit de quelque chose qui me tient à cœur. Je poursuivis malgré une légère hésitation : « Et j'aimerais vous revoir, Joe. Je veux que nous parlions encore. »

– Je sais. Et nous le ferons. Mais d'abord tu dois te défaire de toute idée romantique à mon sujet. C'est pour cela que je n'ai pas téléphoné plus tôt. Je ne peux t'enseigner les choses que je veux te transmettre si tu les confonds avec une aventure amoureuse.

– Oui, bien sûr. Vous avez raison, dis-je gênée de ne pas avoir pu mieux dissimuler combien il m'avait charmée. Il y a si longtemps qu'on ne m'a pas parlé comme vous le faites, et puis, vous m'intriguez. Vous m'avez fascinée l'autre soir sur la plage et, naturellement, je veux vous revoir. Est-ce si terrible?

– Oui, dit-il. C'est terrible pour toi. Cela te fait mal et ça te met à ma merci. Cela te rend esclave de ton téléphone alors que tu pourrais profiter de toutes les belles choses que j'ai mises sur terre pour ton plaisir, comme les océans, les couchers de soleil, les fleurs et les douces brises d'été.

– Mais Joe, vous devez reconnaître que je vous ai quand même chassé de mon esprit ce soir en allant courir. Et j'ai même profité de quelques unes de ces choses que vous venez de mentionner.

– Oui, et c'est pourquoi nous parlons en ce moment, expliqua-t-il comme s'il s'adressait à une enfant. Je ne puis pénétrer ton esprit s'il est rempli de désirs et d'idées romantiques. Les leçons, commandements, ou quel que soit le terme que tu veuilles employer, sont très importants. Tu dois être tout à fait disponible, Christine ; complètement ouverte à ces concepts sinon nous perdons tous les deux notre temps. Comprends-tu?

– Oui, dis-je le cœur lourd. Il dut discerner le désillusionnement dans ma voix.

– Christine, dit-il tendrement, l'amour et les aventures romantiques viendront sous peu. Mais ce sera un peu plus tard. Et ce ne sera pas avec moi. Ce n'est pas possible. Ce n'est pas pour cela que je suis venu.

– Je comprends, dis-je déçue. Mais si toutes ces bonnes choses doivent venir bientôt, commençons notre travail tout de suite. Nous avons déjà perdu deux semaines.

– Il n'y a eu aucune perte de temps, dit Joe en riant. Il t'a tout simplement fallu deux semaines pour apprendre ton deuxième commandement, Christine.

Et avant même que je puisse formuler ma question il ajouta : « Pourquoi n'essaies-tu pas toi-même d'exprimer ce deuxième commandement? »

Je réfléchis cette fois avant de répondre. Je savais qu'il devait y avoir un rapport avec le fait de ne pas obséder au sujet de l'amour romantique et de continuer à vivre quoi qu'il arrive.

— OK, commençai-je à peu près certaine d'avoir trouvé. « Tu ne resteras point à la maison en attendant que le téléphone sonne. »

— Presque, dit-il. Mais ce n'est là qu'un détail du concept global que je veux te faire comprendre. Continue.

Je fermai les yeux et me frottai les tempes sans arriver à trouver ce deuxième commandement.

— Je ne sais pas. Quelque chose à propos des obsessions, peut-être?

— Oui, ça s'en vient. Écoute bien. Celui-ci est important pour toi. Il t'arrive trop souvent de ne pas respecter cette consigne. Prête?

— Prête, dis-je sans comprendre comment je pouvais violer une consigne que je ne connaissais même pas, mais je pensai qu'il s'agissait là d'un bon sujet pour une discussion ultérieure.

Sa voix riche et profonde résonna tandis qu'il se mit à réciter le commandement numéro deux. « Il faut vivre le moment présent. Chaque instant est précieux et ne doit pas être gaspillé. »

Je restai silencieuse pendant un certain temps. Il allait sans dire que c'était un commandement tout à fait pertinent pour moi. Je venais justement de gaspiller un temps précieux à attendre l'appel de Joe. Et je ne voulais même pas penser combien de fois auparavant j'avais fait exactement la même chose. J'avais manqué trop de beaux couchers de soleil et de brises d'été ; j'avais laissé passer trop moments merveilleux. Et pour couronner le tout, si l'on convertissait les deux dernières semaines en moments perdus, je venais probablement de commettre un péché mortel.

– Essaie de ne pas penser en termes de péchés, murmura Joe doucement à mon oreille. Tu es ici pour apprendre et non pour souffrir à cause du passé. Oublie cette notion de péché. C'est une autre exagération de ce que j'essayais de faire il y a si longtemps. N'y pense plus. Essaie de vivre le moment présent et d'aimer ce que tu vois.

Dans la conversation qui suivit, je lui promis de ne plus obséder à son sujet. Je commençais à comprendre ce qu'il voulait dire. C'était plein de bon sens. Mais m'habituer à vivre le moment présent s'avérerait une tâche difficile. Moi qui voulais tout de suite savoir si je me marierais, si j'aurais des enfants, si je réussirais à perdre quelques kilos, si j'aurais, un jour, une maison ou au moins un condo. J'avoue penser beaucoup à l'avenir. J'ai toujours cru que c'était ce qu'il fallait faire. C'était, à mon avis, une manière d'assumer ses responsabilités. Alors, vivre uniquement le moment présent impliquait de changer, de corriger de nombreux comportements et attitudes, des changements qui semblaient pour le moins difficiles.

— Tu peux y arriver, me rassura Joe, toujours à l'autre bout du fil. Mais tu dois commencer dès maintenant. Après notre conversation, je veux que tu dresses une liste des choses que tu ne remarques pour ainsi dire jamais autour de toi. Pas des grandes choses, mais les petites choses simples de la vie de tous les jours, celles que tu as tendance à prendre pour acquises. Ensuite je veux que tu arroses tes plantes et que tu réfléchisses à la manière dont elles absorbent cette eau qui leur permet de rester vertes et souples. Essaie de remarquer quelque chose de nouveau chaque jour, mets-le par écrit s'il le faut, et je te promets que tu verras des changements dans ta vie. Subtiles, peut-être, mais tout de même des changements.

Je pensais déjà à la prochaine fois qu'il me téléphonerait ou si je le reverrais un jour.

— Voilà que tu le fais encore, Christine, dit-il, tu te perds en conjectures!

— Oui, eh bien! tout cela est très nouveau pour moi, répondis-je sur la défensive, il me faudra sans doute du temps et beaucoup d'entraînement pour m'habituer à vivre simplement le moment présent.

— Sans doute. Mais c'est l'un des plus beaux cadeaux que tu puisses te faire à toi-même.

– Dans ce cas, dis-je, je ferais mieux de m'y mettre.
Il y a beaucoup à faire.   Bonne nuit Joe.

– *Toutes* les nuits sont bonnes, tu verras, me dit Joe
et je perçus le sourire dans sa voix.

Puis j'entendis le clic quand il raccrocha. Je restai
assise, immobile pendant un instant, le récepteur à la
main, sans pouvoir m'empêcher de sourire. Je replaçai
le récepteur et sortis mon arrosoir. Je le remplis à ras
bords et commençai à arroser ma collection de plantes,
toutes posées sur le sol près des portes coulissantes.
Elles me paraissaient déjà plus vertes et plus saines.

Je ne sais pourquoi, cela ne me surprit guère.

*A*près quelques jours à peine, je fus ravie de voir la croissance phénoménale de mes plantes. Je m'émerveillais de leurs nouvelles couleurs vibrantes et de leurs poussées de croissance vigoureuses. Il me faudrait même en rempoter quelques unes tellement elles avaient profité. Dans un éclair de révélation, je me rendis compte que mes plantes étaient ni plus ni moins qu'une réflexion de moi-même. En effet, moi aussi, je prenais des couleurs, et dernièrement, j'étais plus avide, plus empressée de croître.

C'est ainsi que j'ai commencé à remarquer de nouvelles choses chaque jour. Au début, je ne cherchais que les choses les plus dramatiques comme les levers de soleil majestueux et les couchers langoureux. Puis je me mis à observer des choses beaucoup plus simples comme le vol des goélands de même que leur manière de se tenir sur la plage, le soir, les yeux tournés dans la même direction, face au vent, pour ne pas ébouriffer leurs plumes. Pour la première fois depuis mon enfance, j'entendis le chant des cigales dans la tranquillité de la nuit. Je me demandais comment elles arrivaient à produire un tel son, et je fus tellement intriguée que je me rendis à la bibliothèque pour consulter des encyclopédies.

Je commençais à découvrir tout un monde autour de moi. Un nid de merle dans l'arbre devant ma fenêtre m'incita à acheter une mangeoire et à l'accrocher au balcon. Je me surpris à faire la cuisine de temps en temps au lieu de toujours courir les restaurants-minute. Parfois, même, je me levais assez tôt pour apercevoir un quartier du disque enflammé du soleil levant qui pointait à l'horizon, juste au-dessus de l'océan. J'ai bien essayé, mais je n'ai jamais vu ce rayon vert qui apparaît, dit-on, quelques secondes avant que le soleil ne se lève vraiment. J'avais l'impression que tous mes sens devenaient plus aiguisés et bien que je vivais dans un grand complexe immobilier, avec tous les services et accessoires les plus modernes, y compris les courts de tennis, le teinturier et la piscine, c'était l'odeur des lilas dans cette jungle de béton que je remarquais le plus.

J'examinais les choses les plus simples, comme mes doigts et mes orteils, et je m'émerveillais autant de leur dextérité que de leurs fonctions anatomiques. Je me mis à l'écoute de mes propres systèmes corporels : respiratoire, circulatoire, cardiaque, digestif et je fus étonnée de leur efficacité. Comment pouvait-on prendre tout cela pour acquis? Comment avais-je pu? C'était comme d'être multi-millionnaire sans se rendre compte qu'on est riche. Je pensai à des choses plus abstraites comme les cycles du sommeil, les rêves, l'hibernation des animaux et je fus remplie d'un sentiment de révérence pour tout ce qui est vivant.

Au travail, je prenais le temps d'observer et d'apprécier les pouvoirs de guérison de mes patients. Changer les pansements de ceux qui avaient été opérés ne me paraissait plus ni routinier ni ennuyeux. Au contraire, je m'émerveillais du fait qu'un abdomen puisse être ouvert et découpé au scalpel un jour, et que la peau commence à se refermer dès le lendemain. Je voyais désormais ces guérisons comme autant de petits miracles et de leçons d'humilité ; et je me sentais privilégiée de faire partie de ce monde. Par-dessus tout, je me mis à apprécier ma propre santé et mon bien-être.

Mes priorités se transformaient à une vitesse fulgurante. Il était difficile de croire que jusqu'à maintenant, c'est-à-dire avant ce grand moment de révélation, j'avais passé la plus grande partie de mes temps libres à me promener dans les centres commerciaux en fantasmant sur toutes les jolies choses que je voulais me procurer, toutes des choses matérielles. Il m'était difficile de croire que j'avais passé outre tous ces miracles « gratuits » du quotidien et toute la beauté qui m'entourait.

Il m'arrivait à l'occasion de souhaiter que Joe appelle pour que je puisse partager avec lui toutes ces découvertes que je faisais, puis je me rappelais mon deuxième commandement et je reprenais ma vie au présent. Je tâchais de vivre le mieux possible et de profiter au maximum de l'instant présent. Par exemple, je me délectais du doux parfum des fleurs qui faisaient désormais partie de ma liste d'épicerie et qu'on retrouvait toujours maintenant sur ma table de la cuisine. Je m'asseyais parfois pour lire un magazine ou encore, je prenais une douche avec un savon parfumé et il m'arrivait même d'écrire de la poésie. Ma vie n'était pas parfaite, loin de là. J'étais toujours insatisfaite de mon travail, de l'absence de toute vie amoureuse et de mon poids, mais mon potentiel de bonheur, ma capacité d'être heureuse, ne cessait de croître chaque jour en même temps que je développais des mécanismes personnels de recherche de petits bonheurs et de plaisirs simples. Je devenais de plus en plus créative et je me rendais compte qu'il était tout à fait possible de vivre heureuse jour après jour. Quand j'étais à court d'idées, je m'asseyais pour un instant, ce qui constituait, en soi, un véritable miracle, je fermais les yeux et je me demandais ce que j'aimerais *vraiment* faire en ce moment précis.

En fait, ce qui me ferait *vraiment* plaisir en ce moment, c'est un cornet de crème glacée au chocolat… trempée dans ce chocolat chaud qui durcit sur la glace froide. Quel délice! Je chaussai donc mes sandales usées et confortables et empochai quelques sous. Avant, j'avais toujours de la glace au chocolat au congélateur, mais plus maintenant. Avant, j'aurais pris la voiture pour me rendre à la crémerie la plus proche, plus maintenant. Je me rendais compte de l'isolement que je m'étais imposé et à quel point ç'aurait été un geste compulsif que de me retrouver seule dans mon appartement à avaler au moins un litre de glace au chocolat sans même y goûter, en cherchant désespérément à combler le vide de ma vie. Je ne sais pas très bien pourquoi, je ne me sentais plus vide, je ne ressentais pour l'instant qu'une envie irrésistible de crème glacée au chocolat. Et j'apprécierais autant la promenade pour me rendre à la crémerie, que la glace elle-même.

En ouvrant la porte de la crémerie, un jet d'air frais m'enveloppa. J'ajoutai à ma liste de choses agréables, cette bouffée de fraîcheur. Je payai pour ma glace et léchai les gouttes qui dégoulinaient le long de la gaufrette tout en cherchant un siège où m'asseoir.

C'est alors que vis Joe.

Il était assis tout au fond, dans le coin, devant un « banana split » qu'il n'avait pas encore entamé. Il me souriait comme s'il m'eut attendue poliment.

– Tu deviens vraiment bonne, me dit-il tandis que je me glissai sur la chaise de l'autre côté de la table. Je souris à mon tour. « Jusqu'à présent, tu es une excellente élève, Christine. »

– Merci, murmurai-je, plus intéressée par ma glace au chocolat que par les compliments.

Joe poursuivit : « Tu sais les plantes que tu as dû rempoter? »

J'acquiesçai d'un signe de tête, toujours occupée avec ma glace et les gouttes qui menaçaient de couler le long de la gaufrette sucrée. Il ne me vint pas à l'esprit de lui demander comment il savait que je venais tout juste de rempoter plusieurs de mes plantes dont la croissance était phénoménale. Je suppose que je m'habituais peu à peu aux miracles de Joe.

– Eh bien! tu leur ressembles beaucoup. Bientôt, il va falloir te rempoter toi aussi. Tu apprends et te développes encore plus rapidement que je ne l'avais prévu.

– Me rempoter, moi? demandai-je, mais qu'est-ce que cela signifie? Déménager dans une plus grande ville? Vraiment Joe, ce n'est pas pour moi. Je suis plutôt bien ici et …

– Jamais je ne te *ferais faire* quoi que ce soit, Christine. Mais cesse de te mentir, tu n'es pas heureuse du tout là où tu es.

– Mais qu'est-ce que vous voulez dire? Que je devrais déménager, me rempoter ailleurs?

– Relaxe, dit-il en riant de bon cœur et en posant sa belle main sur celle que je n'utilisais pas pour tenir ma glace. Tu n'es jamais tenue de faire quoi que ce soit que tu ne veux pas faire. Il prit un peu de crème fouettée et ajouta : « D'ailleurs, ce n'est pas ce que je voulais dire. »

– Mais, alors Joe, qu'est-ce que vous *vouliez* dire? Honnêtement, j'ai parfois de la difficulté à vous suivre.

Il roula un morceau de banane recouverte de crème glacée dans sa bouche, savourant la fraîcheur autant que le goût avant de tout avaler. Je ne pus m'empêcher de penser qu'il pratiquait lui-même mon deuxième commandement, celui selon lequel il faut vivre au présent et profiter du moment. Il ne se doutait guère que j'étais presque passée maître de cette consigne.

Il sourit, la bouche fermée et je savais qu'il venait encore de lire mes pensées. Je restai silencieuse et attendis.

– Tu fais tes leçons, dit-il finalement.

– Oui, mais qu'est-ce que c'est que cette histoire de me rempoter? Cela m'inquiète.

Je savais que je me montrais impatiente, mais cette idée de me déraciner et de me rempoter me paraissait plutôt menaçante. J'avais nettement l'impression qu'il prolongeait délibérément mon supplice dans le but de m'apprendre la patience, alors j'attendis encore.

– Tu dois apprendre à être patiente, dit-il gentiment, sans aucune trace de blâme. Il est peut-être temps pour ton troisième commandement, même s'il n'y a pas très longtemps que tu as appris les deux premiers.

Je ne dis rien et me concentrai plutôt sur ce qui me restait de crème glacée. Avec ma langue je repoussai la glace froide au fond de la gaufrette. Je mangerais l'extrémité pointue du cône et je sucerais la crème glacée par ce tunnel sucré, comme je le faisais enfant. Je savais que Joe m'apprendrait la prochaine leçon en temps voulu. Je n'avais pas à le pousser.

Je finissais à peine de déguster ma glace que la crémerie tout entière se mit à résonner de la voix de Joe qui avait pris un ton quasi mystique.

– Prends soin de toi d'abord et avant tout. Car tu es moi et je suis toi, et quand tu prends soin de toi, tu prends soin de moi. Ensemble, nous prenons soin l'un de l'autre.

J'étais un peu gênée en voyant l'homme à la table voisine nous lancer un regard singulier. La voix de Joe pouvait être aussi douce qu'une brise d'été ou se faire aussi retentissante que le Concorde au décollage. Elle pouvait en outre prendre toute la gamme de tons entre ces deux extrêmes. Il était clair que l'homme à la table voisine avait entendu notre conversation, mais Joe ne s'en préoccupa aucunement.

— Ne t'inquiète pas pour lui, dit-il en souriant. En voilà un que je n'ai pas encore rejoint. Et son tour ne viendra que dans cinq ans.

— Bon d'accord. Alors je dois prendre bien soin de moi, dis-je en récapitulant car je savais qu'il me poserait des questions sur ce qu'il venait de me dire.

— D'abord et avant tout, ajouta-t-il.

— Mais ne pensez-vous pas que c'est ce que je fais? Je veux dire, je fais du jogging et j'essaie de bien m'alimenter. Je ne fume pas et …

— Et tu passes quarante heures par semaine à faire un travail que tu penses détester et le reste du temps tu te lamentes sur les imperfections de ton corps, tu te plains de ne pas avoir d'homme dans ta vie et de te sentir seule.

— Oh! dis-je sans pouvoir réfuter ce qu'il venait de dire, car il avait tout à fait raison. « Bon, et comment puis-je changer tout cela? demandai-je quelque peu indignée. Et puis, après tout, ce n'est pas que je *pense* détester mon travail, *je le déteste*. Essayez, *vous*, de travailler le soir et les week-ends. Essayez, pour voir de supporter l'ego des médecins et vous m'en donnerez des nouvelles! »

77

Son sourire se fit tendre, compatissant, patient…
et il m'exaspéra.

— Tu adores ton travail, dit-il de sa voix au ton de
brise d'été frémissante.

— Je le *déteste*! rétorquai-je.

— C'est l'une des raisons pour lesquelles tu es ici, sur
terre. Ce qui ne veut pas dire que ton travail ne puisse
parfois te paraître ennuyeux ou même te frustrer par
moments, mais au fond, tu *adores* ce que tu fais.

— Je déteste.

— Tu adores. Mais tu travailles trop. Tu as besoin
de prendre du recul, de travailler un peu moins.

— Vous voulez dire travailler moins d'heures? Je
n'en croyais pas mes oreilles. Comment pouvait-il suggérer quelque chose d'aussi insensé bien que, je ne sais
pourquoi, l'idée ne me semblait pas complètement far-
felue.

— Précisément.

— Et comment pensez-vous que je pourrai boucler
mes fins de mois? Payer mes factures? À moins, bien
sûr, que vous n'ayez pensé à un moyen de survivre sans
nourriture et sans abri.

— Pense à ce que tu viens de dire.

— Au sujet de survivre?

— Non. À propose de payer les factures. De quel
genre de factures s'agit-il? Où va la plus grande partie de
ton salaire?

Je ne pouvais cacher mon irritation. « Eh bien! il y a cette frivolité qu'on appelle le loyer mensuel. » Mon ton était devenu sarcastique et c'était voulu.

– Est-il vraiment nécessaire que tu habites dans cette énorme jungle de béton?

– Ce complexe offre de nombreux avantages, répondis-je sur la défensive. Il y a une piscine et des courts de tennis et même un service de teinturier.

– Sois honnête avec toi-même, Christine. Ses yeux de velours avaient toute mon attention et si j'avais encore eu ma glace à la main, elle aurait sûrement fondu tant la chaleur émanant de Joe était intense. « Quelle est la *véritable* raison pour laquelle tu habites là? Qu'est-ce qui t'a *vraiment* attirée là? »

Je me mis à réfléchir. Où voulait-il en venir? Qu'y avait-il de si terrible à vivre dans un grand immeuble d'appartements? Est-ce que je ne méritais pas au moins cela? Était-il en train de me dire que je ne méritais pas de revenir à un appartement confortable après une dure journée de travail? Ouais, eh bien! si c'était le cas, je pouvais dorénavant me passer de sa compagnie, je pouvais le laisser là, tout de suite, maintenant.

– Tu diverges, Christine. Essaie de te rappeler la raison pour laquelle tu as choisi cet immeuble en particulier.

– Afin de rencontrer des hommes célibataires, des hommes libres, avouai-je enfin.

— Pourquoi?

— Pour tomber en amour et me marier, s'il faut tout vous dire.

— Et aussi? demanda-t-il sans se soucier de mon irritation grandissante.

— Peut-être pour me faciliter un peu la vie, vous savez, et ne plus avoir à payer seule toutes ces factures. Cette réponse me surprit plus qu'elle ne sembla surprendre Joe.

— Honnête, enfin dit Joe avec soulagement. Christine, ne vois-tu pas que tu ne prends pas soin de toi en agissant ainsi? Ta vie serait autrement plus épanouissante si tu éliminais les engagements et les obligations qui ne te rapportent rien.

— Mais il se trouve que le fait d'avoir un toit sur la tête me rapporte quelque chose!

— Quand as-tu profité du court de tennis pour la dernière fois? demanda-t-il calmement.

J'avais craint cette question : « Jamais » murmurai-je.

— À quand remonte ta dernière baignade? demanda-t-il sans pitié.

— Eh bien!… j'aime beaucoup nager, mais…

— Mais tu n'aimes pas mouiller tes cheveux, dit-il pour finir ma phrase. Surtout avec le chlore que contient cette eau. Cela risquerait d'abîmer ces mèches qui t'ont coûté plus de cinquante dollars. À cause du chlore, elles pourraient passer du blond à l'orangé, n'est-ce pas? Et il y a aussi le fait qu'on te verrait sans maquillage.

– Non, mais quand même! Il y a des hommes autour, vous savez, protestai-je mollement.

– Et alors?

– Et alors, je ne veux pas qu'ils me voient ainsi!

– Pourquoi pas?

J'hésitais. C'était non seulement gênant, mais humiliant. Joe me regardait, ses yeux m'encourageaient et je trouvai finalement le courage de répondre en toute honnêteté.

– Parce qu'ils ne me trouveraient peut-être pas jolie… et alors, ils ne m'inviteraient pas à sortir… et je ne serais qu'une vielle femme solitaire.

Après un moment, Joe ajouta : « …qui ne se baigne jamais et qui ne fait rien de ce qu'*elle* voudrait faire, au cas où les hommes n'approuveraient pas de ce qu'elle a l'air pendant qu'elle fait ces choses. »

Je n'aurais pas pu mieux l'exprimer moi-même. Je baissai les yeux et hochai la tête en signe d'approbation. Joe tendit la main et leva doucement mon menton avec deux doigts me forçant à regarder son visage magnifique. C'est alors qu'il laissa tomber la bombe : « Tu blâmerais alors les hommes de ton malheur en te disant que c'est sans doute parce qu'ils sont trop superficiels. »

Je savais qu'il avait vu juste, mais j'étais tellement conditionnée que je ne pus m'empêcher de rétorquer : « Oh là! un instant! Bon et alors, je paie cinquante-deux dollars de temps à autre pour éclaircir la couleur de mes cheveux et en rehausser la blondeur, mais si je le fais c'est parce que, *moi*, j'aime ça. Et s'il se trouve que les hommes aiment cela aussi, alors va. Mais je le fais parce que *je* me sens belle ainsi et que *moi* j'aime ça. »

— Est-ce que tu aimes aussi t'asseoir autour de la piscine et transpirer? En essayant de bronzer et d'obtenir le hâle parfait qui attirera le parfait gentilhomme?

Ah! Voilà qu'il jouait dur.

— Ce n'est pas désagréable, répondis-je sans trop de conviction. Oui, et je dirais même que *j'aime* ça, ajoutai-je avec emphase. Mais nous avions tous les deux reconnu mon ultime effort de justification.

— Ouais, peut-être, répondit-il sans se compromettre. Et peut-être aimerais-tu aussi marcher le long de la plage en te laissant chauffer les épaules au soleil. Et peut-être que le tourbillon salé autour de tes chevilles te ferait plus de bien que cette eau chlorée, chimiquement traitée, dans laquelle tu ne t'aventures jamais. Peut-être aimerais-tu plonger dans les vagues et te laisser porter jusqu'au rivage dans la mousse blanche et salée de l'océan. Peut-être aimerais-tu aussi respirer l'air marin que seuls les goélands semblent apprécier de nos jours. Peut-être, oui, peut-être que ça te plairait.

Joe hocha la tête en signe de défaite et je ne pus supporter de le voir sans cet optimisme agaçant qui lui était si particulier. Il avait l'air d'un petit garçon qui s'aperçoit que le beau cadeau d'anniversaire qu'il vient d'offrir n'est pas apprécié. Le monde entier rejetait ses cadeaux pourtant si précieux. Je savais que je lui avais fait de la peine en choisissant des plaisirs artificiels et fabriqués plutôt que la grande variété de bonheurs naturels et délicieux qu'il m'offrait si généreusement. Comment avais-je pu manquer de délicatesse à ce point?

— Joe, ce n'est pas que *je n'aimerais pas* habiter au bord de la mer, dis-je en tentant de lui expliquer, mais je n'en ai pas les moyens.

— Peut-être pas dans le confort auquel tu es habituée, mais…

— Où voulez-vous en venir?

— C'est à toi de le découvrir.

Je devais avoir l'air complètement abasourdie, parce qu'il ajouta : « Mais je vais te donner un indice, es-tu prête? »

Bon voilà que sa bonne humeur était revenue. Me torturer de ses énigmes semblait lui remonter le moral.

— Un indice? dis-je. Un indice à quel sujet? Pour ce qui est de me rempoter, je présume?

— B-11, dit-il comme si j'y comprendrais quelque chose.

– B-11 ? Mais quelle sorte d'indice est-ce ? B-11 ? Qu'est-ce que ça veut dire ? Un modèle d'avion ? Une sorte de fusil mitrailleur ? Non, mais de quoi s'agit-il ?

Il se mit à rire et termina son « banana split ». De la main, il me montra sa Harley, garée à l'extérieur, tout près de la fenêtre à laquelle nous nous trouvions. Il me dit qu'il lui ferait plaisir de me ramener chez-moi, mais que c'était probablement mieux que je marche et que je réfléchisse à tout ce que nous venions de parler.

Tout le long du retour, je ne pus penser à autre chose. Peut-être après tout pourrais-je travailler un peu moins. De toute façon, qui avait dit qu'il fallait absolument travailler quarante heures par semaine ? Était-ce une loi universelle ? Même si la norme était de quarante heures, cela ne voulait pas dire que je devais m'y conformer. Je me mis à penser à toutes ces choses que j'avais toujours cru obligatoires ou nécessaires, comme ces mèches blondes dans mes cheveux, et je décidai qu'il me coûterait sûrement moins cher de vivre au naturel. Oui, j'allais réduire mes dépenses. Je me dis que ce ne serait pas trop difficile, mais je ne pus m'empêcher de me sentir coupable du fait que je ne travaillerais pas « à temps plein ». Peut-être que Joe avait raison. Il n'avait pas l'habitude de se tromper. Peut-être que j'apprendrais à aimer mon travail si je ne me laissais plus dominer entièrement par celui-ci. Il était temps de commencer à prendre soin de moi.

Par le temps que j'arrivai enfin chez-moi, j'avais décidé que je n'avais pas vraiment besoin de mèches pour éclaircir la couleur de mes cheveux, ni de courts de tennis ou de piscine. Ce dont j'avais vraiment besoin, c'était de *moi*, de mon *véritable* moi.

Je ramassai le journal à ma porte et le lançai sur le sofa en me dirigeant vers la salle de bain. De retour au salon, je m'aperçus qu'il avait glissé par terre, mais que la section des annonces classées était restée sur le sofa. En la feuilletant, une annonce de la rubrique « maisons à louer » attira mon attention.

Cottage sur la mer, 1 c. à c., bain.

Très abordable.

Doit louer immédiatement.

Téléphonez au 555-7987

Je restai bouche bée en voyant le numéro de la page : B-11.

6

À l'hôpital, c'est sans grand enthousiasme que l'on accueillit ma demande de changement de statut pour obtenir un poste à temps partiel. Tout le monde me demandait si j'avais trouvé autre chose ailleurs ou si je prévoyais retourner aux études. Il semblait absurde de vouloir tout simplement un peu plus de temps pour profiter de la vie. Après tout, selon la croyance populaire, la seule façon de profiter de la vie consiste à faire le plus d'argent possible et comment es-ce possible en ne travaillant qu'à temps partiel? Joe aurait certainement eu beaucoup de travail à faire ici. Mes collègues ont même essayé de me faire sentir coupable, mais j'ai résisté de mon mieux. J'étais déterminée et bien décidée à prendre soin de moi d'abord et avant tout.

J'avais pensé que travailler deux postes de douze heures et un de huit heures chaque semaine me permettrait de faire face à mes obligations financières, à condition bien sûr de réduire mes dépenses. Mais j'étais bien disposée à être un peu plus économe si cela voulait dire avoir plus de temps pour explorer les nouveaux aspects de ma vie.

Depuis aussi longtemps que je me souvenais, je m'étais toujours identifiée et définie par rapport au travail que je faisais. Et à la question : « Que faites-vous dans la vie? », je voulais désormais répondre autre chose que le simple « Je suis infirmière. » Car j'étais, en effet, *plus* qu'une infirmière, il le fallait. Et il était temps que je découvre ce qu'il y avait de plus. Joe m'avait appris à penser autrement et je savais qu'il avait raison. Je n'étais pas heureuse et il y avait belle lurette que je ne l'avais été, seulement j'avais été trop occupée pour m'en rendre compte. Le temps était venu pour moi de découvrir qui j'étais vraiment et ce que je voulais vraiment.

Puis, il y avait la question de l'appartement. Je ne pouvais pas croire que j'avais décidé de quitter mon grand appartement moderne pour emménager dans les quelques pièces réduites d'une maisonnette au bord de la mer. Mais c'est bien ce que j'avais choisi et rien ne me ferait plus changer d'avis. Ce que Joe me révélait de moi-même m'intriguait. Je devais admettre que mon style de vie et mes priorités avaient été, jusqu'à présent, pour le moins superficiels. Quand on se sent aussi vide et insatisfait, il est facile d'oser. Le risque n'est pas bien grand quand on n'a rien à perdre!

Il y avait presque deux semaines que je n'avais pas eu de nouvelles de Joe et je me demandais s'il avait décidé qu'on ne se verrait qu'une fois toutes les deux semaines. Joe possédait une grande liberté d'esprit et c'est justement ce qu'il faisait aussi ressortir en moi, une liberté d'esprit que j'avais jusqu'à présent ignorée.

J'étais dans « ma petite maison sur la mer », comme j'aimais l'appeler. C'était le premier du mois et je défaisais mes boîtes. Je ne savais vraiment pas comment j'arriverais à placer toutes mes affaires dans mes nouveaux quartiers étant donné que c'est à peine si j'avais eu suffisamment d'espace dans mon grand appartement de la jungle de béton. Non pas que je possédais tellement de choses, mais j'en avais sûrement accumulé plus que le surfeur moyen. Et d'ailleurs, ces jeunes bohèmes ne semblaient pas avoir besoin de beaucoup d'espace de rangement. Mais où est-ce que j'allais mettre tous mes vêtements? Où donc avais-je la tête en décidant d'emménager dans cette maisonnette?

C'est alors que la plus belle des voix retentit dans la pièce.

— L'ego est à la base de tous tes problèmes. Élimine-le et tu auras toute la place qu'il faut pour le bonheur…

et peut-être même pour quelques uns de tes vêtements, dit cette voix pleine d'humour.

Inutile de me retourner, je savais que Joe se trouvait derrière moi, dans l'embrasure de la porte avec son sourire si particulier. J'étais un peu étonnée du fait que ses apparitions toujours soudaines ne me faisaient jamais sursauter. Je ne sais pas très bien pourquoi, mais il me semblait tout à fait naturel que Joe surgisse de nulle part en disant toujours quelque chose de profond et de pertinent. D'ailleurs, je me demandais comment il y arrivait.

– Voilà que tu diverges, Christine, dit-il en souriant dans l'embrasure de la porte comme je l'avais imaginé.

– Je sais. Mais vous êtes toujours plein de surprises, dis-je pour me défendre.

– C'est ce que tu appelles une surprise? me taquina-t-il. Tu n'as donc rien vu!

– Auriez-vous une formule magique pour faire entrer deux mètres cubes de vêtements dans un espace d'un mètre cube?

Je ne fus pas surprise de sa réponse : « Bien sûr! », dit-il en s'avançant vers le lit sur lequel étaient empilés mes vêtements qu'il se mit aussitôt à trier.

En temps ordinaire, je me serais sentie gênée qu'un homme se mette à trier mes choses comme cela, mais Joe était loin d'être ordinaire. Il me montra un vieux jeans, celui que j'avais acheté deux ans plus tôt alors que j'avais suivi un régime alimentaire des plus stricts. J'avais perdu quelque sept kilos et ce jeans m'allait parfaitement à l'époque. Il m'avait bien fait pendant environ deux semaines et je ne l'avais plus jamais reporté.

– Tu n'en as plus besoin, dit-il tout doucement en le laissant tomber au sol. Il commençait une pile « à donner ».

– Oh! Mais attendez, dis-je. Ce jeans est magnifique! Il ne me fait peut-être pas en ce moment, mais un jour, ils m'ira comme un gant.

– Quand? demanda-t-il en toute sincérité, sans jugement aucun.

– Quand je reprendrai mon régime, répondis-je logiquement.

– Aucun régime alimentaire ne fonctionne. Est-ce que tu ne t'en étais pas encore rendu compte? Puis il laissa aussi tomber dans cette pile, la robe turquoise sans bretelles que j'avais portée trois ans plus tôt pour le mariage de mon cousin. Oh! Que de souvenirs étaient rattachés à cette robe. J'avais rencontré, à la réception, un ami du marié et nous avions passé une soirée inoubliable à boire du champagne et à danser jusqu'aux petites heures. Tant d'espoirs romantiques étaient nés cette nuit-là, et certains d'entre eux s'étaient même réalisés mais un beau jour, il m'avait servi le fameux discours : « Le mariage, ce n'est pas fait pour moi » que j'avais déjà entendu maintes et maintes fois. Au début, je m'étais

dit qu'il ne disait cela que parce qu'il n'avait pas encore rencontré la femme de sa vie, parce qu'il ne *me* connaissait pas assez bien. Il m'avait fallu deux années
pénibles pour me rendre compte qu'il le pensait vraiment.

— Quand l'as-tu portée pour la dernière fois? me
demandait Joe.

Il y a trois ans, murmurai-je, alors qu'il la tenait
précairement au-dessus de la pile « à donner ».

— Mais tant de bons *souvenirs* se rattachent à cette
robe dis-je en plaidant ma cause.

Mais il la laissa tomber sur les jeans de taille six.

— Les souvenirs ne te vont pas très bien, dit-il les
yeux rieurs mais le regard doux.

J'ai passé tout le reste de l'avant-midi à tenter de
justifier presque chacun des vêtements qui ont fini par
échouer dans la pile « à donner ». À la fin, il ne me restait plus qu'un jeans confortable, plusieurs t-shirts, quelques shorts et deux uniformes de travail. Joe sourit fièrement en fermant la porte de la garde-robe dans laquelle il restait encore de l'espace de rangement, tandis que
je regardais tristement la pile de vêtements qui gisaient
par terre. Bien sûr, Joe avait gardé les vêtements que je
portais d'habitude, mais je ne pouvais m'empêcher de
me sentir un tout petit peu déshéritée.

— Dis au revoir à ces vêtements, Christine, me dit
Joe avec une trace de sourire avant de ramasser la pile

de linge et de la mettre dans un grand sac à ordures en plastique.

— Au revoir, dis-je à ces vêtements qui, jusqu'à présent, avaient fait partie de mon identité, de mon psyché. Et qu'est ce qu'on en fait? demandai-je sans vraiment vouloir savoir. On les donne à une œuvre de charité?

— Si tu veux, répondit Joe distraitement. Il fouillait déjà dans la boîte qui contenait mes CD.

— Si je veux? répétai-je un peu surprise. Je me serais attendue à autre chose que cela de la part de « Dieu » ou d'un Être Spirituel. Je pensais que vous deviez encourager la charité, vous savez, pour les pauvres.

— Tu t'es montrée charitable envers toi-même en te débarrassant d'une partie de ce que tu étais. Tu as donné aux pauvres, aux pauvres d'esprit. À toi-même. Quoi que tu fasses maintenant de ces vêtements tient de la redondance.

Alors nous nous sommes mis à examiner mes disques et mes livres avec le même œil critique que pour les vêtements, en mettant de côté ce que je n'avais ni consulté ni écouté depuis des années, mais que je gardais par simple nostalgie. Joe me fit remarquer que les goûts musicaux et littéraires peuvent évoluer et changer, et, bien à regret, je dus reconnaître qu'il avait raison.

Finalement, en faisant de l'ordre dans mes affaires, il fut possible de tout ranger. En fait, tout était si bien rangé que je me sentais un peu perdue, voire un peu déprimée.

– Ne sois pas triste, Christine, dit Joe sur un ton apaisant. Tu as maintenant de la place pour grandir, pour découvrir la nouvelle Christine.

– J'aimais bien l'ancienne.

– Non, ce n'est pas vrai. Il y a trop longtemps que tu te sens vide et insatisfaite. Tu pensais pouvoir remplir le vide et trouver un peu de joie dans toutes ces choses matérielles, mais cela n'a pas fonctionné, n'est-ce pas?

– Je suppose que non. Encore une fois, il avait raison.

– Tout ceci n'est qu'un exercice, Christine, pour t'apprendre à découvrir qui tu es *vraiment* et ce qui te rend *vraiment* heureuse. Tu devrais te réjouir, tu vas enfin commencer à vivre.

Mais je n'étais pas convaincue. Je voulais encore croire que j'arriverais un jour à enfiler ce jean de taille six. Je voulais encore rêver que je porterais à nouveau avec cette robe sans bretelles pour danser et boire jusqu'à l'aube. Et par-dessus tout, je voulais croire que je tomberais en amour encore une fois, mais le rire de Joe me tira de ma rêverie.

– Quelle tête de mule! taquina-t-il, mais ne t'inquiète pas, je n'abandonnerai pas la partie avant d'avoir réussi à te convaincre qu'il y a plus et mieux.

– J'ai faim, dis-je tout à coup. Allons prendre une bouchée.

Je ne pus m'empêcher de penser combien il était inusité pour moi de suggérer à un homme d'aller manger. Habituellement, j'attendais que l'homme propose ce genre de choses de peur de paraître trop intéressée. Mais avec Joe, c'était différent. J'étais vraiment très à l'aise avec lui. Et enfin, il n'y avait pas lieu de faire semblant avec un homme qui pouvait lire mes pensées et qui venait de m'aider à organiser mon tiroir de sous-vêtements.

– C'est ton âme qui a faim, me dit-il, pas ton estomac. Mais allons-y. Prendre l'air te fera du bien.

Comme d'habitude, il avait raison. Je n'avais pas physiquement faim, et je ne trouverais probablement pas ce dont j'avais besoin dans un menu. C'est mon âme, comme disait Joe, qui souffrait de malnutrition.

Je suivis Joe jusqu'à sa Harley, qu'il avait garée dans l'entrée séparant les deux maisonnettes adjacentes. L'air salin m'envahit et je me sentis mieux instantanément. Comme si j'avais été très habituée à me promener en motocyclette, j'attendis patiemment que Joe démarre son engin avant de grimper derrière lui. Je passai adroitement une jambe par-dessus le siège de cuir souple et posai mon pied sur le marchepied latéral en évitant soigneusement le tuyau d'échappement brûlant.

Joe me regarda avec un sourire narquois tandis qu'il emballa le moteur.

– Je vois que tu as l'habitude dit-il avec ce qui me sembla être de l'admiration dans la voix. Peut-être y a-t-il certaines choses que je n'aurai pas besoin de t'enseigner, après tout.

Je souris fièrement sans rien dire et j'attachai la courroie du casque qu'il m'avait prêté. Je passai mes bras autour de sa taille et croisai les mains devant lui. Il embraya et démarra en faisant rouler le gravier de l'entrée au bruit assourdissant de son moteur de 1340 cm3.

Comme le sait tout motocycliste d'expérience, le passager doit avoir une confiance absolue dans son conducteur et les deux corps sur la moto doivent se mouvoir comme un seul. Plus d'un m'avaient vertement critiquée et reproché de ne pas leur laisser le contrôle total du bolide. Ils disaient que je résistais trop, qu'ils me sentaient tirer dans la direction opposée en cherchant à rétablir l'équilibre lors des virages ou sur les routes sinueuses. Peut-être avaient-ils raison. En effet, je n'arrivais jamais à me laisser aller complètement. Manque de confiance sans doute. Je demeurais toujours hyper-vigilante quel que soit le nombre de fois qu'on me dise de relaxer.

À tout bien réfléchir, ce genre de comportement était probablement aussi celui que j'adoptais dans mes aventures sentimentales. J'ai toujours eu peur de me laisser aller et de perdre le contrôle, même pour une balade en moto de quelques minutes. Mais je ne referais pas cette erreur. Cette fois, c'était différent. J'avais confiance en Joe. *Vraiment*. Et je le lui prouverais.

Je fermai les yeux et appuyai ma joue sur le doux coton de son t-shirt usé. Rouler avec Joe, c'était comme valser avec un danseur expert. Celui qui guide sa partenaire de telle sorte qu'elle semble, elle aussi, souple et expérimentée. Avec Joe, j'avais l'air d'une vraie nana de motard. J'étouffai un fou rire à cette idée. Si on me voyait en ce moment!

Joe avait dû sentir mon rire étouffé contre son dos, car il se retourna et me sourit par-dessus son épaule.

— Content de voir que tu t'amuses! dit-il dans le vent et je sentis la fermeté de ses muscles abdominaux quand il se tourna pour me parler. Je ne doutais pas un instant que Joe maîtrisait parfaitement son bolide et que nous arriverions sains et saufs à destination. Je ne sentais aucun besoin de contrôler ou de tenter de maintenir ou de rétablir un équilibre quelconque. J'examinai les cheveux noirs lustrés qui s'échappaient de son casque protecteur et qui sentaient encore le shampooing. J'avais l'impression que mes sens sortaient tout à coup d'une longue hibernation. Aucun détail, si petit soit-il, ne m'échappait. L'éclat du soleil sur ses verres fumés Ray Ban, les toutes petites lignes aux coins de ses yeux quand il les plissait au soleil et au vent, les poils de sa barbe qui émergeaient malgré qu'il se soit rasé le matin même. Je fermai les yeux à nouveau et me laissai simultanément chauffer par le soleil et rafraîchir par le vent. C'était paradisiaque.

Je sentis la Harley prendre un virage serré, ralentir et s'arrêter complètement. Nous étions apparemment arrivés à destination. Mais je n'avais aucune idée de l'endroit où nous nous trouvions. Tant qu'à moi, on aurait pu être au palais de Buckingham, tout ce que je savais c'est que j'aurais voulu que notre balade ne se termine jamais. Mais Joe emballait le moteur, signe qu'il était temps que je descende. Je le regardai garer la moto en enlevant mon casque. J'essayai tant bien que mal de redonner un peu de volume à mes cheveux aplatis. Ce geste typiquement féminin fit rire Joe.

– Difficile de se défaire de ses vielles habitudes! s'exclama-t-il en accrochant nos deux casques sur le guidon.

Il s'approcha de moi, passa tout naturellement son bras autour de mes épaules et c'est ainsi que nous sommes entrés dans le restaurant.

– Tu réussis très bien à profiter du moment présent, murmura-t-il en me guidant à travers une porte, puis une autre jusqu'à la terrasse du restaurant. Le mobilier d'osier blanc était ponctué d'énormes coussins et de parasols aux couleurs vives. Nous avons choisi une table à l'extrémité de la terrasse délimitée par une palissade blanchie à la chaux.

— Ne t'attarde pas trop sur ces moments, si extraor-
dinaires soient-ils, tu risquerais de t'y embourber et de
manquer le suivant, me conseilla-t-il en tirant ma chaise.

Facile à dire, pensai-je. La terrasse du restaurant
donnait sur des dunes de sable dans lesquelles les goélands venaient se reposer et je me demandai comment
il se faisait que je ne connaissais pas cet endroit merveilleux. Joe avait raison. Voilà un autre moment agréable que je n'aurais pas voulu manquer. Puis soudain je
me rappelai une chose qu'il m'avait dite ce matin alors
que je pestais contre le peu d'espace de rangement dont
je disposais. C'était à propos de mon ego qui était,
selon Joe, à la source de tous mes problèmes. Je détournai mon regard de la sérénité de la plage et trouvai ses
yeux bruns et profonds qui m'attendaient. C'était
comme si Joe avait patiemment attendu que je pose ma
question.

— Qu'est-ce que vous m'avez dit ce matin en arrivant chez-moi? demandai-je. Quelque chose à propos
de mon ego, ajoutai-je, en essayant de me rappeler ses
paroles exactes.

— Je pensais que tu ne le demanderais jamais,
répondit-il en souriant.

— Je vous en prie, Joe, je veux vraiment savoir, bien
que je n'avais aucune idée de ce que me réservait la
leçon d'aujourd'hui.

– OK, mais il faut que tu saches que ton impatience te prive du plaisir de vivre la réponse.

– Quoi?

– Laisse tomber. Ton esprit n'est pas encore assez discipliné pour être réceptif à un tel concept. Il vaut mieux nous concentrer sur la leçon d'aujourd'hui.

– Mais de quel concept voulez-vous parler? Je voulais savoir. Je ne voulais rien manquer, mais une conversation avec Joe pouvait aussi s'avérer une surcharge sensorielle.

– Du concept de vivre les réponses à nos questions, répondit-il sur un ton plutôt neutre. Mais je te le répète : tu n'es pas encore prête pour cela. Parlons de ton ego d'abord. Cet ego qui est à la base de tous tes problèmes. Est-ce que tu sais ce que je veux dire?

– En partie, dis-je avec hésitation, trop fière pour lui avouer que je n'avais aucune idée de ce qu'il voulait dire.

– Ton ego te cause des problèmes en ce moment même, dit-il doucement. Tu refuses d'admettre que tu ne comprends pas ce que j'essaie de t'expliquer. Vraiment Christine, comment pouvons-nous communiquer si tu n'es pas honnête avec moi?

– Je pense que je suis passablement honnête, dis-je avec une moue.

Joe ne fut pas dupe de mes excuses. « Comment peut-on être passablement honnête? On est honnête ou on ne l'est pas. »

L'heure de vérité avait sonné. « OK, dis-je, humblement. Je n'ai pas la moindre idée de ce que vous voulez dire. » Et soudainement, je compris tout. Mon ego m'empêchait de progresser sans même que je m'en rende compte.

Un sourire de satisfaction illumina le visage de Joe et pour la centième fois, je remarquai la perfection de ses dents.

– Très bien, Christine. Voilà comment faire. Ne te laisse pas distraire par des choses superficielles comme une dentition parfaite. Ne perds pas ta concentration. Tâche de focaliser sur la leçon d'aujourd'hui.

– Désolée, dis-je sans être surprise ni étonnée qu'il ait lu ou entendu mes pensées. C'est probablement à cause de mes propres dents qui sont croches que je suis toujours attirée par ceux qui ont les dents droites. Je vis qu'il fronça légèrement les sourcils et je décidai de laisser tomber ce sujet extrinsèque. « Voyons voir, dis-je plus sérieusement. Si l'ego est à la base de mes problèmes… et que je ne me considère pas comme une personne égoïste, pas étonnant que je n'arrive pas à résoudre mes problèmes! Mais Joe, dites-moi, en quoi suis-je égoïste? Je veux dire, outre le fait que je ne voulais pas que vous pensiez que j'étais trop bête pour comprendre ce que vous essayiez de m'enseigner. »

– Il y a justement, dans cet exemple, un précepte important, me dit-il. Ne sois pas trop prompte à le rejeter.

Le cours de mes pensées fut interrompu par l'apparition d'une très jeune serveuse aux jambes trop longues. Elle portait un short blanc qui ne faisait que rehausser le hâle de ses jambes magnifiques ainsi qu'un bain de soleil jaune noué à la taille qui ne dissimulait nullement ce qui se trouvait en dessous. Quand elle sourit à Joe, je fis de mon mieux pour ne pas voir ses dents parfaites. Sans quitter Joe des yeux, elle lui demanda s'il était prêt à commander. Je n'aimais pas la manière dont il lui souriait ni la façon dont cette fille continuait de le regarder alors que je commandais un sandwich laitue tomate sur pain de seigle avec juste un soupçon de mayonnaise. Elle ne me demanda pas si je voulais quelque chose à boire, mais elle voulut connaître les moindres désirs de Joe qui commanda un hambourgeois avec fromage, des frites et un Coca. Non, vraiment cela ne me plaisait pas du tout.

Joe la suivit du regard tandis qu'elle se dirigea vers la cuisine avec une nonchalance affectée. Finalement, il se tourna vers moi et me demanda le plus naturellement du monde : « Alors, qu'est-ce que tu en penses? »

– Je pense qu'elle est folle de toi, répondis-je, et je pense qu'elle en a encore à apprendre sur le plan des bonnes manières, ajoutai-je sans pouvoir me retenir.

– Pas ce que tu penses d'*elle*, dit-il en riant, qu'est-ce que tu penses de *toi*?

Ce n'est qu'à cet instant que je m'en rendis compte. J'étais jalouse! Et ce sentiment désagréable prove-

nait du fait que j'étais trop absorbée par ma propre personne.

— Ouais, quelle égoïste je suis, dis-je tranquillement,
encore mal à l'aise avec une telle image de moi-même.

— Ne t'en fais pas, dit Joe avec la plus grande douceur en prenant mes deux mains dans les siennes. Le
plus difficile, c'est de l'admettre. Ses yeux de velours
prirent un air taquin et il ajouta : « C'est toi-même qui
m'a demandé un autre exemple. »

Je n'arrivais pas à le croire. Joe venait de concoc-
ter toute cette scène dans le seul but de me fournir un
exemple de plus de ma grande vanité. N'y avait-il
aucune limite au pouvoir de cet homme?

— Bon, alors outre ce truc concernant mon ego, la
leçon d'aujourd'hui c'est que si je ne tenais pas tant à
être votre principal centre d'intérêt, je ne serais pas
aussi facilement déçue ou blessée par votre comportement ou vos actions, n'est-ce pas?

— Oui, à peu de choses près, dit-il en hochant la
tête. L'essentiel, c'est de vivre en toute honnêteté vis à
vis toi-même pour que rien, ni personne, ne puisse te
menacer.

— Cela me semble plutôt difficile, répondis-je un
peu dépassée par tout ce qu'il me restait encore à
apprendre.

Il se pencha vers moi et il y avait dans ses yeux une
telle intensité que j'en fus émue.

– Christine, si tu sais exactement qui tu es et que tu connais autant tes qualités que tes défauts, alors tu n'as plus besoin de perdre ton temps et tes énergies à essayer d'être quelqu'un d'autre. Après une pause pour me permettre de digérer ce qu'il venait de dire, il enchaîna : « La prochaine étape consiste à accepter tes imperfections et à te laisser enivrer par tes qualités et tes aptitudes et d'aimer tout ce que tu es. » Il se tut un moment avant de conclure : « Comme je t'aime, *moi*. » Ses yeux brillaient de sincérité et son sourire était la douceur même.

J'étais incapable de prononcer un seul mot tant j'avais la gorge serrée. Joe m'aimait? Était-ce possible? Bien sûr que si. Joe ne mentirait pas. Il ne perdrait ni son temps ni son énergie à mentir, contrairement à d'autres que je connaissais.

Ce que je n'arrivais pas à comprendre, c'est pourquoi il disait m'aimer alors qu'un peu plus tôt il m'avait dit que l'amour romantique viendrait plus tard et que ce ne serait pas avec lui. Peut-être qu'il avait changé d'idée. N'avait-il pas changé d'idée à propos d'autre chose, comme ses dix commandements? Alors, pourquoi ne changerait-il pas d'idée quant à notre relation?

J'examinai le visage de cet homme qui disait qu'il m'aimait, cherchant le mensonge mais espérant la vérité. Le ciel avait pris une teinte orangée avec le soleil qui descendait à l'horizon et des lueurs étranges éclairaient le visage de Joe. On aurait dit des effets spéciaux comme ceux que l'on peut voir dans certains films de fiction.

— Ceci n'est pas un film, Christine, dit-il en soutenant mon regard. Toute cette douce beauté que révèle cette luminosité si particulière est aussi vraie pour toi qu'elle l'est pour moi, parce que tu *es* moi, et que, bien entendu, je suis toi.

— M... mais, vous avez dit que je ne devais pas m'éprendre de vous, dis-je en hésitant.

— C'est vrai, répondit-il en décochant une flèche empoisonnée vers mon pauvre cœur, mais cela ne veut pas dire de ne pas m'aimer. Aimer au sens le plus pur, dans l'absolu, comme je t'aime, moi.

La flèche empoissonnée fut neutralisée et des feux d'artifice jaillirent dans mon cœur. Enfin, je comprenais. C'était ça l'amour véritable, le vrai, celui que j'avais toujours recherché. Cet amour était en moi, il l'avait toujours été. La compréhension m'assaillit comme une injection intraveineuse d'adrénaline. Toutes ces peines d'amour! Quel gaspillage. Toutes ces liaisons amoureuses à sens unique. Je le voyais si clairement, maintenant. Il aurait suffi que je me voie telle que j'étais et que je *m'aime* telle que j'étais pour ensuite partager cet amour. Peu importait si cet amour était réciproque ou non. L'important était de *vraiment* ressentir quelque chose, d'aimer vraiment, sans rien attendre en retour. Pourquoi ne m'étais-je pas rendu compte de tout cela plus tôt? Des années auparavant? Combien de peines d'amour j'aurais pu éviter!

Joe serra mes mains davantage et dit : « Pendant tout ce temps, c'est ton ego qui t'empêchait d'aimer vraiment. Tu ne voulais rien donner à moins d'être certaine de recevoir quelque chose en retour. Tu n'avais pas compris que la vraie joie vient de ce que l'on donne. »

– Mais, qu'en est-il des gens qui abusent? Des profiteurs qui prennent tout ce que vous avez à offrir sans jamais rien donner en retour?

J'avais confiance en Joe, avec tout mon cœur et toute mon âme. Mais pour ce qui est des autres représentants de la gent masculine, j'avais de sérieuses réserves.

– Personne ne peut abuser de ce que tu ne donnes pas, dit-il. Donne ton amour, mais ne donne jamais ton âme. Cette dernière n'appartient qu'à toi.

Oui. Cela avait du sens. Mais je n'étais pas encore tout à fait convaincue. Après tout, le mariage n'était-il pas justement cela, un don complet de soi? Joe était-il en train de me dire que cette institution était vouée à l'échec? Les statistiques pouvaient certes appuyer une telle affirmation.

Naturellement, il avait entendu mes pensées. Il lâcha mes mains et s'assit au fond de sa chaise. Il me regarda de l'autre côté de la table, ignorant complètement le hambourgeois que la serveuse venait de déposer devant lui.

— Le mariage est un concept qui fonctionne, Christine, dit-il avec ferveur. Tu auras bientôt l'occasion de t'en rendre compte par toi-même. Mais le mariage ne peut fonctionner qu'entre deux personnes qui ont maté leurs propres dragons et qui comprennent que l'amour véritable, le vrai, provient d'un cœur ensemencé avec la conscience de soi, un cœur suffisamment fort pour sustenter le difficile concept de soi.

Oui, c'était effectivement plein de bon sens. Pas étonnant que mes aventures et liaisons antérieures aient échoué. Je ne les utilisais que pour compenser, comme solution pansement pour l'important travail qu'il me restait à faire. En réalité ce dont j'aurais vraiment eu besoin pendant toutes ces années, c'est du courage de me regarder honnêtement. Et bien sûr, il aurait fallu pour ce faire, laisser tomber mon ego.

Joe me regardait toujours tandis que je sortis brusquement de ma rêverie. L'orangé du soleil couchant s'était intensifié et tout baignait maintenant dans une lumière aux teintes enflammées quoique subtiles. Le sable, le ciel, et même les vagues de l'océan qui léchaient doucement le sable endurci de la rive, tout le paysage retentissait de cette sourde symphonie des couleurs mates du couchant. Joe regardait ce spectacle de lumières avec une fierté à peine contenue et il attendit patiemment que je formule la question qui me brûlait la langue.

– Existe-t-il vraiment des hommes qui comprennent le vrai sens du mot aimer? demandai-je convaincue qu'il ne pouvait y en avoir. Après tout j'avais connu beaucoup d'hommes et aucun d'entre eux n'avait jamais laissé supposer ce genre de profondeur.

– Oui, il y en a certains, dit Joe.

– Certains? Combien? Où puis-je les trouver? En trouver un? Voilà que j'étais soudain tout excitée. Il me fallait en trouver un. Le temps pressait.

– Ho! Là! dit Joe en riant. Du calme. Je dois bien admettre qu'il y a plus de femmes que d'hommes qui comprennent ce concept de l'amour véritable. C'est parce que les femmes ont une meilleure perception de ces choses. Mais il y a aussi des hommes capables de comprendre cette idée.

– Où sont-ils? demandai-je enthousiaste.

Amusé, Joe hocha la tête et approcha son assiette. Il se mit à dévorer son hambourgeois bien que celui-ci devait maintenant être froid. Manger mon sandwich était bien la dernière de mes préoccupations, mais je savais qu'il ne fallait pas presser Joe quand il s'apprêtait à m'enseigner quelque chose.

– Ils sont partout, répondit-il à la fin.

– Pourriez-vous être un peu plus spécifique? suppliai-je. Par exemple, y en a-t-il un dans ce restaurant, demandai-je en balayant du regard la salle à manger?

— Um hmmmm, répondit-il en prenant une autre bouchée de son hambourgeois.

— Ben, alors, où est-il? Comment dois-je l'approcher? dis-je, impatiente de rattraper le temps perdu.

Joe s'essuya délicatement les lèvres avec l'extrémité de sa serviette. Sa lenteur délibérée me rendait malade. « Tu ne dois pas *l'approcher*, répondit-il enfin, c'est un peu plus compliqué que cela. »

— Bon, alors comment puis-je faire sa connaissance?

— Tu dois *l'attirer*. C'est beaucoup plus efficace que de l'approcher.

— Mais grâce à vous, je n'ai plus rien de chic ou de séduisant à me mettre, me lamentai-je malgré mon horreur des lamentations.

— *Pas* comme ça! dit Joe en continuant de manger son foutu burger. Tu te laisses encore dominer par ton ego.

Zut! Il avait raison. Comme d'habitude. N'apprendrais-je jamais?

— Bon! eh bien! si je ne puis faire appel à ses hormones, *comment* faire pour le séduire? Juste comme je posais la question, je connus la réponse, mais Joe fut plus rapide que moi pour l'exprimer.

— Tu te sers de ton cœur et de ton honnêteté, dit-il. Tu n'as qu'à être toi-même. C'est bien simple. Vraiment toi-même. Commence par faire les choses que tu aimes vraiment. Fais-les chaque jour, plusieurs fois par jour si tu veux. Porte les vêtements dans lesquels tu es confortable et à l'aise, ceux dans lesquels tu te sens toi-même. Écoute la musique que tu aimes, celle qui t'émeut le plus. Écoute ton corps et fais-lui confiance pour ce qu'il a envie de manger au lieu de te soumettre à un autre régime alimentaire bizarre. Avec le temps, un homme éclairé percevra les vibrations de ton âme assouvie et VLAN! il se pointera à ta porte. C'est aussi simple que cela!

– Mais comment réussira-t-il à me trouver? Je ne pouvais rien laisser au hasard, c'était trop important.

– C'est à lui de le découvrir. Tu n'as pas besoin de chercher ce qu'il faut à d'autres pour survivre. Concentre-toi sur ta propre survie, le reste viendra tout seul. Il vit le doute que je ne pouvais cacher et ajouta : « Je te le *promets*. »

Ce soir-là quand je m'allongeai sous les couvertures, j'étais encore tout étourdie de ce que Joe m'avait dit pendant la journée. Je ne voulais rien oublier, pas le moindre détail et c'est pourquoi j'ai décidé d'écrire l'essentiel de notre conversation dans mon journal intime. Je ne voulais pas me fier uniquement à ma mémoire pour quelque chose d'une telle importance.

Je sautai hors du lit et m'installai à mon bureau. Une lune cireuse éclairait la petite pièce dans laquelle je me trouvais et l'océan chantonnait une berceuse réconfortante. À la lumière des rayons lunaires iridescents, j'écrivis :

Laisser tomber l'ego. Être vraie.

Voir ce qui arrivera.

7

Au cours des jours qui suivirent, quelque chose de curieux se produisit : je me mis à aimer mon travail. Même qu'il m'arrivait de sourire de temps en temps. J'en étais la première surprise. Depuis que j'avais été reçue infirmière, mon travail s'était avéré stimulant par périodes et il y avait eu de nombreux défis à relever, mais d'aussi loin que je me souvenais, je n'y avais jamais pris *plaisir*. Je ne pensais pas qu'on était supposé prendre plaisir à soigner les malades. Or, depuis que j'avais réduit mon nombre d'heures (sans compter mon revenu), je n'étais plus épuisée par mon travail comme c'était le cas auparavant. Désormais, les heures passées à l'hôpltal n'étaient plus qu'une partie de ma vie qui devenait chaque jour plus intéressante. Ou peut-être était-ce *moi* qui devenais de plus en plus intéressante.

Apprendre à me défaire de mon ego avait été la leçon la plus importante que Joe m'avait enseignée à ce jour. J'avais appris à enlever mes ornières et tout autour de moi avait pris des dimensions fascinantes. Je ne percevais plus mon apparence physique ou l'image que je projetais comme le centre de l'univers. Je me préoccupais désormais de questions plus importantes comme ce que pouvaient bien trouver ceux qui se promenaient sur la plage avec des détecteurs de métal. Je m'intéressais aux prises des pêcheurs, et je découvris que c'est en laissant tomber les palourdes sur les roches que les goélands parviennent à les ouvrir. Au lieu de lire les revues féminines avec leurs articles incessants sur comment être belle et séduisante, je lisais des quotidiens et je me tenais au courant des événements mondiaux. Je *savais* que j'étais belle et séduisante, le simple fait d'exister n'en était-il pas la preuve? Et le plus surprenant était que je pouvais maintenant passer devant un miroir sans toujours vérifier mon apparence. Je ne sentais plus le besoin de me critiquer, j'étais trop occupée à avoir du plaisir.

Ma découverte la plus récente concernait la musique de Jim MaGuire, un joueur de saxophone des environs. C'est tout à fait par hasard que j'avais entendu sa musique alors que je bouquinais dans l'une des boutiques du quai. J'étais partie dans l'intention d'acheter un disque de musique rock, du genre Kenny Loggins ou Carly Simon, mais les notes de ce saxophone me hantaient, m'hypnotisant presque. Cette musique m'allait droit au cœur, elle me touchait jusqu'à l'âme. Elle me donnait envie de danser et de m'élancer comme une source de montagne que l'on n'aurait pas encore découverte.

Je suis sûre que l'adolescent qui tenait la boutique me catalogua tout de go comme une mémé ou une nullarde quand je lui demandai où je pourrais trouver ce CD. Mais cela ne me faisait rien. De telles choses ne me dérangeaient plus depuis que j'avais appris à laisser mon ego derrière. Je ne sentais plus le besoin de passer pour « cool » et que de bien cela faisait. J'avais hâte d'arriver chez-moi pour me laisser aller à danser sur les notes languissantes du saxophone. Et même si la pièce que j'avais entendue dans la boutique se révélait être la seule bonne pièce de tout le disque, cela m'aurait été égal.

Je passai par l'épicerie avant de rentrer puisque je savais que le frigo était presque vide. C'était plutôt amusant de voir à quel point j'avais changé. Avant que Joe ne surgisse dans ma vie, je travaillais quarante heures semaine, je faisais l'épicerie les lundis soirs et le lavage, les jeudis. Je n'aurais pas pu supporter que le frigo soit presque vide ni que le linge sale s'accumule, mais ces choses semblaient maintenant de bien moindre importance. De ces temps-ci, je passais moins de temps au travail ou à entretenir la maison et plus de temps à découvrir mon environnement. Il m'arrivait même parfois d'oublier de manger! Jamais je n'aurais cru cela possible.

Les bras chargés de sacs, je fermai la porte d'un coup de pied en entrant dans ma petite maison sur la plage. Je défis d'abord et avant tout l'emballage du disque de Jim MaGuire et l'insérai dans le lecteur de CD. Tout cela avant même de ranger le yaourt glacé au congélateur. Mes priorités avaient décidément changé. Toute la maison retentit bientôt des notes apaisantes du saxophone... et je me balançai doucement d'un pied à l'autre au rythme des accents et des accords tout en inventant une salade originale et appétissante. Jamais auparavant n'avais-je eu une telle envie de légumes. Je découvrais dernièrement une toute nouvelle gastronomie en même temps que toutes sortes de nouveaux appétits. Par exemple, avant quand je mangeais une salade, c'était toujours pour me punir d'avoir quelques kilos de plus que ce que je considérais comme mon poids idéal. Mais aujourd'hui j'avais *vraiment envie* d'une salade. Cela ne m'étais jamais arrivé. Et si je me fiais à mon short de jogging rouge, j'avais probablement perdu quelques kilos sans m'en rendre compte. Et cela non plus, ça ne m'était très certainement jamais arrivé auparavant.

J'allumai deux bougies parfumées à la vanille que j'avais achetées à l'épicerie en revenant et je me versai un verre du Chardonnay que je n'ai, soit dit en passant, jamais eu l'occasion de boire. Je fermai les yeux et les bras croisés, je me laissai envahir par l'eurythmie de Jim MaGuire. Je me berçai doucement sur la musique lisse et coulante comme un soleil d'été qui aurait tenté d'éclairer les plus sombres cavernes de mon cœur. J'étais complètement absorbée dans la beauté du moment et quand retentit une note quasi impossible, je tournoyai à côté du sofa-lit et me retrouvai dans l'étreinte de deux bras musclés.

–Joe, murmurai-je les yeux toujours clos et aucunement surprise de le trouver là au milieu du salon à danser avec moi. Je ne comprenais pas comment je pouvais savoir que c'était lui sans même ouvrir les yeux, mais rien de tout cela ne m'importait pour l'instant.

Il ne dit rien. Il me serra dans ses bras et nous dansâmes en parfaite harmonie sur cette musique divine. Il posa son menton sur ma tête et j'appuyai ma joue contre son torse ferme, comme lors de notre première rencontre sur la plage. Encore une fois, c'est le bruissement des vagues que j'entendis plutôt que le battement de son cœur. J'entrouvris les yeux pour voir ses bras masculins et robustes qui me tenaient enlacée et je me sentis comblée, submergée d'un profond bien-être comme si je me trouvais à l'abri de tout danger.

Il me serra davantage encore jusqu'à ce nous ne soyons plus qu'un. Mes pieds foulaient ses pas. Nous nous sommes laissés dériver ainsi, langoureusement et en parfaite harmonie avec les notes douces et moelleuses créées par Jim MaGuire. Je ne lui demandai pas comment je savais exactement quel pas faire et à quel moment précis. Quand Joe était là, tout semblait possible et naturel.

– Tout est toujours possible, murmura Joe doucement à mon oreille. Et je suis toujours là, avec toi. Il n'y a que des moments où tu n'es pas consciente de ma présence.

Il n'était pas nécessaire que je lui réponde. Rien en fait n'était nécessaire. Je voulais simplement me laisser aller et me fondre en lui, ne plus faire qu'un avec... avec... cet Être. Enivrante, exaltante, la musique nous transportait, les dernières notes presqu'obsédantes du saxophone restèrent suspendues dans l'air, comme si elles cherchaient à nous hanter, puis elles finirent par s'évaporer doucement comme un nuage de vapeur qui se dissipe graduellement. Mon cœur débordait d'émotion. Je savais que c'était contraire aux règles, mais j'étais amoureuse de cet homme. Désespérément amoureuse de lui.

Sans dire un mot, Joe me guida jusqu'au sofa couleur crème et nous nous laissâmes tomber sur ses coussins moelleux. Ma tête reposait toujours contre son épaule protectrice. Les larmes me montèrent aux yeux et s'écoulèrent une à une le long de mes joues. Il ne s'agissait pas de larmes de tristesse, mais d'une émotion pour laquelle je ne trouvais pas de nom approprié. C'était un sentiment de joie, de joie intense. Je détournai mon visage pour le cacher, gênée de ce manque flagrant de retenue, d'un tel laisser-aller.

– Je suis désolée, dis-je pour tenter d'expliquer cette puérilité.

De ses doigts élégants et pleins de grâce, il caressa mes cheveux et en explora la texture. Avec la plus grande douceur, il posa ses lèvres sur ma tête et y déposa un baiser.

Je sentis son souffle chaud, puis il me dit: « Ne t'excuse jamais d'être ce que tu es, de montrer ce que tu ressens vraiment. »

Ah! mon Dieu! Comment était-ce arrivé? Comment pouvais-je être amoureuse de *Dieu*? C'était sûrement contraire aux règles. Je me reconnaissais bien. J'irais probablement en enfer pour cela, et pourtant, cette idée m'était tout à fait égale. Je ne pouvais concevoir qu'un amour comme celui-ci puisse être mal.

Je m'écartai de Joe et levai mon visage inondé vers lui en murmurant: « Je vous aime, Joe. Je sais ce que nous avions convenu, mais... »

Il me regarda attentivement pendant un long moment, puis un éclair d'amusement passa dans ses yeux aux profondeurs infinies. Et avec un accent parfaitement « Jersey-ais », il dit : « Ouais, et alors? »

J'en restai bouche bée. Je m'attendais à une remontrance et voilà qu'il me donnait le feu vert. Quand je voulus parler, il posa son index sur mes lèvres.

– Christine, dit-il de sa voix douce, ne vois-tu pas? C'est très bien que tu m'aimes. C'est l'*interprétation* que tu fais de tes sentiments qui est un peu à côté de la plaque. Mais ton sentiment est vrai, juste et tout à fait correct.

Déconcertée, je regardais ses yeux brillants sans saisir.

– Je pense que j'ai besoin de cours de rattrapage, dis-je exaspérée de ne jamais comprendre ce que Joe essayait si patiemment de m'enseigner.

Son rire retentit avec une telle fluidité qu'il me rappela la musique de Jim MaGuire.

– Tu es bien trop sévère envers toi-même, Christine.

– Mais Joe, je ne comprends pas. Je pensais que nous avions convenu que je ne devais pas entretenir d'idées romantiques à votre égard. Et voilà que je me suis littéralement amourachée de vous.

Il prit mon menton entre ses mains et me regarda de ses yeux marrons aux profondeurs infinies. Pour une fois, j'avais l'impression que c'était moi qui entendais ses pensées parce que ses lèvres ne remuèrent pas et que j'entendis clairement sa voix, comme le chant du goéland porté par le vent : « Non, Christine, ce n'est pas comme ça, du tout. Ce que tu ressens pour moi est bel et bien vrai, seulement tu l'interprètes mal. »

– Je l'interprète mal?

– Oui, tu crois qu'il s'agit d'amour romantique.

– Mais de quoi s'agit-il alors?

– D'amour véritable. De la forme la plus pure d'amour. De cette sorte d'amour qui ne demande qu'à s'exprimer. Sans rien exiger en retour. De cet amour que tu cherches depuis toujours.

Il avait raison, bien sûr. N'avait-il *jamais* tort? C'était exactement de ce genre d'amour qu'il m'avait parlé l'autre jour au restaurant. Et voilà qu'il m'en fournissait un exemple concret. Évidemment aimer Joe ainsi n'était pas mal. Ce n'était pas un crime. Je n'attendais rien de lui. Je souhaitais seulement avoir l'occasion d'exprimer les sentiments qu'il faisait naître au plus profond de moi. C'était correct d'aimer Joe de cette manière. En fait, c'était ce qu'il y avait de plus naturel au monde. Après tout, il était moi et j'étais lui. Nos âmes étaient liées, entrelacées dans cet amour pur et sans égoïsme qui résultait de ce lien spécial qu'il y avait entre nous.

Pour la première fois de ma vie, je ressentais l'amour véritable. Incroyablement, il n'y avait aucune douleur. Quelle idée! L'amour, le vrai, ne pouvait pas faire mal. Je me sentis soudain remplie de moi-même. D'un amour magnanime pour moi-même. Peu importait de quoi j'avais l'air ou ce que j'accomplirais dans ma vie, JE M'AIMAIS! Pour la première fois. Enfin.

Je tournai les yeux vers Joe afin de partager cette merveilleuse découverte, mais il n'était plus là. Disparu! Je me levai du sofa comme dans une transe et d'une certaine façon, je suppose que c'était cela. Je n'étais ni surprise ni troublée par les allées et venues incongrues et mystérieuses de Joe. Je me rendis jusqu'au miroir accroché au mur et là, j'aperçus Joe qui me regardait. Je me mis à rire. Lui aussi.

– Je m'aime enfin, Joe, dis-je radieuse.

– Je sais, répondit-il fièrement.

*U*n peu après cette soirée merveilleuse, je vis dans le journal local une publicité annonçant le spectacle du saxophoniste Jim MaGuire, dans l'une de nos nombreuses boîtes de nuit. La réputation du New Jersey peut bien en prendre pour son rhume à certains moments, mais tout le monde est d'accord pour dire que sur le plan musical, nous sommes parmi les meilleurs. C'est sans doute grâce à notre célèbre Bruce Springsteen.

Et si Springsteen était « le Patron », alors Jim MaGuire était « la Crème ». Le glaçage sur le gâteau. La *Crème de la Crème** *.

Je quittai mon travail un peu plus tôt ce soir là et payai les dix dollars exigés pour voir ce musicien qui m'intriguait tellement.

---

* En français dans les texte

Au début, j'eus l'impression d'avoir pénétré dans une caverne tellement il faisait sombre dans la boîte. Par ailleurs, la fumée de cigarette et la fraîcheur de l'endroit ajoutait à une impression de dépaysement total. Les seules lumières éclairant l'endroit provenaient de tubes de néon rouges et bleus en forme de canette de bière sous un palmier.   Il y avait trois ou quatre de ces luminaires suspendus aux murs et ils donnaient un air étrange aux gens de la place.

Le fait d'arriver à minuit me rappelait l'époque, pas si lointaine, où il n'était pas cool d'arriver trop tôt dans les discothèques ou les boîtes de nuit.   Ce soir, j'étais à l'aise, j'avais vraiment l'impression d'appartenir à cette foule de mélomanes.   Avant ma rencontre avec Joe, je me serais probablement habillée différemment pour une telle soirée, mais les leçons de Joe m'avaient été profitables.   En me défaisant de mes ensembles « hot » quand j'avais emménagé dans ma petite maison sur la plage, mon choix de vêtements était devenu très restreint, quelle que soit l'occasion.   Comme la plupart des infirmières habituées à travailler le quart de soir, 15h00 à 23h00, je gardais toujours dans mon casier à l'hôpital, des vêtements de rechange.   Et, dès que j'enlevais mon uniforme blanc pour enfiler mon jean confortable, mon t-shirt blanc et mes baskets, je sentais tout mon être se métamorphoser.   J'avais lavé mon visage à l'eau froide et j'y avais appliqué un peu de lotion trouvée dans une armoire de pharmacie de l'hôpital. Je n'utilisais que très peu de produits de beauté ces jours-ci, depuis que mon visage avait pris une teinte bronzée résultant de mes longues promenades matinales le long de la plage et du quai. Dans mes yeux, on pouvait voir la paix d'une âme assouvie. Quels que soient les crayons ou les couleurs, qu'y avait-il à ajouter?

Avec mes vêtements confortables, mon visage naturel et sans fard, j'avais vraiment l'air d'appartenir à la catégorie de gens de l'endroit. Je me rendais compte, en fait, que le truc pour avoir l'air d'appartenir à un groupe quel qu'il soit, consistait à ne pas faire de trop grands efforts. Et je prouvai ce point en commandant une eau minérale. Je ne sentais plus le besoin d'altérer mes facultés mentales avec de l'alcool. La vraie vie était infiniment plus intéressante et plus excitante.

L'eau fraîche et rafraîchissante eut un effet apaisant sur ma gorge et j'en eus même des frissons dans le dos tellement c'était bon et agréable. Quel bien de se retrouver loin du chaos de l'hôpital et de pouvoir enfin relaxer et réfléchir sur l'événement de la soirée. J'avais en effet croisé Greg Anderson un peu plus tôt dans mon quart de travail. La soirée avait été anormalement occupée à l'unité de traumatologie, mais j'avais quand même pris le temps d'aller manger à la cafétéria et c'est là que j'avais vu Greg pour la première fois depuis cette horrible soirée de juin.

J'avais dû changer puisque Greg s'était assis avec moi et n'avait pas cessé de me dire combien j'étais jolie et à quel point j'avais l'air détendue. Ce qui me surprit le plus c'est que je n'attachais plus aucune importance à ce que Greg pouvait penser de mon apparence. En fait, je lui ai même demandé des nouvelles de sa femme et de sa petite famille. Et j'étais sincère! J'étais guérie! Greg Anderson ne pouvait désormais plus me faire de mal. J'avais récupéré mon pouvoir.

Je pris une autre gorgée d'eau minérale et commençai la rétrogradation mentale : je passais de l'infirmière hyper-vigilante et toujours à l'écoute à la simple et tranquille mélomane. Je me rappelai un des commandements de Joe pour moi, celui voulant que j'apprécie chaque moment. Ah! comme il avait raison. Jamais auparavant ne m'étais-je arrêtée non seulement à la joie d'un événement mais aussi au bonheur de son anticipation. Avant de connaître Joe, j'étais impatiente et je n'aurais pas su savourer ces moments précédant un événement longuement attendu et désiré. D'entendre la musique que j'aimais le plus, cette musique qui touchait jusqu'à mon âme et qui me donnait l'impression que le créateur de ces notes me connaissait intimement. Je souris à cette idée incongrue et à tout le bonheur que Joe avait apporté dans ma vie.

Quelqu'un heurta mon épaule et je fus ramenée à l'instant présent. Je me tournai pour apercevoir un blouson de cuir noir dont je suivis des yeux la fermeture éclair pour découvrir un peu plus haut un drôle de médaillon sur une chaîne passée autour d'un cou très musclé. Encore un peu plus haut, je vis deux minuscules fossettes aux commissures des lèvres d'une bouche sensuelle. Des cheveux, aussi noirs que son blouson, donnaient à cet homme une allure un peu sauvage et indisciplinée.

— J'aime ton sourire, me dit-il sans aucune trace de fausseté. Sans le savoir, il venait de me guérir de mon vieux complexe de dents croches. Malgré mes efforts pour laisser de côté mon ego, je rougis et souris de plus belle.

— Merci, murmurai-je, sans trouver rien d'autre à dire à ce type plutôt magnétique. Pourquoi est-ce que je le trouvais aussi charmant? Il ne m'avait dit qu'une seule phrase et déjà je me sentais attirée par lui. Étais-je donc si désespérée? Je ne le pensais pas. Ou bien est-ce qu'il ne me rappelait pas Joe, un tout petit peu? Oui, ce devait être cela. Plus je l'étudiais et plus je voyais les similitudes.

— À quoi penses-tu si sérieusement? demanda-t-il en prenant une gorgée à sa bouteille et je vis non sans une certaine surprise qu'il buvait, comme moi, de l'eau minérale. Il n'y a pas si longtemps, je l'aurais tout de suite catalogué au rang des yéyés-toque-nature. Mais aujourd'hui, j'étais plutôt impressionnée par un homme capable de commander une eau minérale dans un bar. J'examinai sa pomme d'Adam tandis qu'il avalait son eau et je ne pus m'empêcher de sourire. Il me regarda en souriant à son tour.

– Qu'y a-t-il d'aussi drôle? demanda-t-il prêt à rire.

– Oh! mais je ne riais pas de vous, dis-je avec empressement. J'aurais tant voulu avoir quelque chose d'amusant et de malicieux à dire. Puis j'entendis la voix de Joe dans ma tête me rappeler d'être moi-même et de laisser mon ego derrière.

– Je pensais à un ami à moi. Et je souris toujours quand je pense à lui.

– Quel homme chanceux, dit le grand inconnu.

– Oh! Non, ce n'est pas ce que vous croyez, répondis-je, sans comprendre pourquoi il était si important que cet inconnu sache que j'étais libre et sans attaches.

– Est-ce que cela signifie que tu es venue seule? demanda-t-il, les yeux bruns foncés rieurs et un peu flirteurs même. Je baissai les yeux timidement. « Ne sois pas gênée, me dit-il taquin. »

– OK, répondis-je en m'apprêtant à déroger à toutes les consignes que l'on peut lire dans les magazines féminins décrivant les mille et une façons d'amadouer un homme sans jamais lui laisser voir qui vous êtes vraiment. « Oui, je suis venue seule, dis-je fièrement. J'adore la musique de Jim MaGuire et rien au monde n'aurait pu m'empêcher d'assister à ce spectacle. »

– Ah! ben tant mieux , répliqua-t-il tout sourire. Voilà d'excellents goûts. Moi aussi j'aime sa musique. Je me demande pourquoi il n'est pas mieux connu.

– Les vrais grands ne le sont jamais, dis-je avec une sympathie exagérée. Et puis je commençai à parler sans pouvoir m'arrêter : « Sa musique me touche, elle me fait quelque chose, vous savez? Elle fait fondre mon cœur comme s'il était fait de beurre. »

– Ooooh! comme c'est bien dit, dit-il avec un sourire qui me ramollit les genoux. Comment se faisait-il que j'étais soudain si attirée par des inconnus? Je me serais crue plus prudente. Comme sur un signal, il me demanda mon nom et me tendit une main large mais élégante. Je me sentis soudain comme une écolière ou un petit lapin timide.

– Christine, répondis-je en glissant ma main dans la sienne et en espérant que ma voix ne trahisse pas l'état lamentable dans lequel je me trouvais.

– Christine qui? demanda-t-il doucement comme s'il s'adressait à une toute petite fille apeurée. Ah! Il était irrésistible!

– Christine Morais, dis-je un peu plus confiante et je remarquai qu'il portait un petit diamant au lobe de l'oreille.

– Eh bien! Christine, répliqua-t-il espiègle, *j'aiMorais* bien te connaître davantage. Et sur ce, il porta ma main à ses lèvres et déposa un léger baiser sur mes doigts.

Je restai bouche bée tandis qu'il s'excusa et disparut dans la foule avant même que je n'aie pu lui demander son nom. Zut! Pourquoi les beaux mecs étaient-ils toujours aussi fugaces et évasifs?

– Il n'est pas évasif, juste un peu préoccupé, dit une voix derrière moi.

Je savais, avant de le voir, qu'il s'agissait de Joe et qu'il avait une fois de plus entendu mes pensées.

– Préoccupé par quoi? lui demandai-je. Suis-je donc incapable de soutenir l'intérêt d'un homme plus de cinq petites minutes?

– Christine, dit Joe en hochant la tête, pourquoi faut-il toujours que tu en viennes à la conclusion que c'est *ta* faute si quelqu'un agit de manière inattendue ou bizarre?

– Bonne question. Pourquoi Joe?

– C'est à toi de me le dire. Il est grand temps que tu cesses de toujours te fier à moi pour répondre à tout. Tâche de faire confiance à ton propre jugement, me dit Joe sans aucune trace d'impatience. Et pourtant, j'étais surprise qu'il ne réponde pas simplement à ma question, comme il l'avait fait avec mes questions précédentes.

– C'est probablement une mauvaise habitude que j'ai. Je sais bien que vous avez raison. Je *sais* que ce n'est pas nécessairement ma faute si quelqu'un que je viens à peine de rencontrer n'est pas vraiment intéressé à moi.

– Continue, dit Joe. Pourquoi penses-tu ainsi?

– Par paresse, je suppose. J'ai été trop paresseuse pour me défaire de cette vieille manie. C'est plus facile de penser que l'on n'est pas assez ceci ou pas assez cela et que c'est la raison pour laquelle certaines personnes ne s'intéressent pas à nous plutôt que de se dire que les gens ont mille et une raisons différentes de ne pas vouloir entreprendre de relations les uns avec les autres et que c'est la vie. Tout simplement. Cela n'a rien à voir avec qui je suis ou ce que je suis ou ne suis pas.

– Bravo, dit Joe en frappant dans ses mains, mon fan-club d'un seul homme.

– Il m'a vraiment fallu réfléchir pour trouver cela! dis-je en riant à mon tour. Pas étonnant que j'aie été si paresseuse pendant toutes ces années.

– Je vais te confier un petit secret dit Joe en souriant.

– De quoi s'agit-il?

– Ce type, non seulement tu l'intéresses, mais il est complètement *époustouflé* par toi!

– Ouais, ouais. Ne me taquinez pas, dis-je en faisant la moue. Je suppose que c'est pour cela qu'il est parti.

– Christine, parfois tu me désespères, dit Joe toujours de bonne humeur. Et il tira sur ma queue de cheval. « Le gars est parti parce qu'il ne savait pas comment réagir à ses émotions, tellement il est attiré par toi. »

Joan Brady

– Bon, bon. N'exagérons rien, dis-je incrédule. Et puis comment le sauriez-vous?

Joe ne répondit pas. Il leva un sourcil et attendit que la lumière se fasse dans mon cerveau.

– Oui, bien sûr! dis-je enfin. Vous êtes Dieu, vous savez tout!

– J'aimerais bien que tu cesses de me voir comme Dieu, dit Joe quelque peu irrité. C'est si démodé comme terme. Il prit la bouteille d'eau minérale que je tenais et en but une longue gorgée. « Mon travail avec toi est presque terminé, Christine, mais je ne me sentirai vraiment à l'aise que lorsque tu me considéreras comme un guide ou quelque chose du genre, ajouta-t-il. Ta perception de 'Dieu' est un peu erronée et je ne veux pas encourager cette image. »

Il posa sur moi ses yeux bruns et affectueux, et sa voix devint un doux murmure. « Je veux être plus que cela pour toi, Christine, plus qu'un grand mec là-haut dans le ciel qui tient un compte serré de tous tes méfaits.

C'était à mon tour de pouffer de rire. Pour une fois!

– Bien sûr que vous représentez beaucoup plus que cela pour moi. Je voulais à tout prix le rassurer. Quand je sentis des larmes de tendresse picoter mes yeux, je ne fis aucun effort pour les retenir. J'avais bien appris les leçons que Joe m'avaient enseignées. Je pris sa main chaude et douce entre les miennes et la portai à ma joue. « Vous m'avez appris tellement, Joe. Et je vous aime tant. Et maintenant que je comprends que vous êtes moi et que je suis vous, je peux enfin me détendre et être celle que je suis vraiment et m'aimer pour ce que je suis. N'est-ce pas le plus beau trésor que l'on puisse posséder? » Je savais que des larmes luisaient dans mes yeux et je ne fus pas surprise d'en voir aussi dans les siens.

Sans un mot, il m'étreignit et déposa un baiser sur ma tête.

— Tu as été une élève hors pair, murmura-t-il, et particulièrement ce soir.

— Oh! Vous voulez parler de ce que j'ai dit au sujet de ne pas toujours me sentir responsable ou coupable pour tout?

— Non, je veux parler de comment tu as réagi en voyant ton ancien amoureux au travail, quel est son nom, déjà?

Je m'écartai de lui et le regardai droit dans les yeux.

— Greg Anderson? C'est de lui que vous parlez? dis-je étonnée d'avoir déjà oublié notre rencontre de ce soir à la cafétéria.

— Oui, lui. Il y a à peine six semaines, tu étais complètement atterrée parce qu'il en avait épousé une autre que toi. Ce soir, tu le revois et tu n'en es même pas décontenancée. Tu n'as plus mal. Toute une amélioration!

– Oui, je suppose que si, dis-je en n'osant à peine croire à une telle évolution.

– Hé! J'ai quelque chose pour toi, dit Joe en sortant une petite boîte enrubannée de la poche de son blouson, une boîte comme celles dans lesquelles on emballe les bijoux.

La gorge nouée par l'émotion et l'anticipation, j'ouvris nerveusement la boîte sans dire un mot. En soulevant le couvercle, ma respiration devint plus laborieuse. Là, au beau milieu d'une ouate cotonnée se trouvait une pièce d'or en forme de tablettes, comme celles que Moïse avait descendues de la montagne. Je lus la longue inscription :

1. N'érige pas de murs, ils sont dangereux. Apprends à les transcender.
2. Vis le moment présent. Chaque instant est précieux et ne doit pas être gaspillé.
3. Prends soin de toi d'abord et avant tout.
4. Laisse tomber ton ego. Sois vraie et vois ce qui arrive.
5. Tout est toujours possible.
6. N'interromps pas le Courant Universel. La générosité veut que l'on accepte ce qu'on nous offre ; chacun gagne à donner.

– Je ne me souviens pas d'avoir discuté de cette dernière leçon, Joe, dis-je en reprenant le dessus sur mes émotions pour le moins chaotiques.

– Je sais. C'est pourquoi j'y ai ajouté une courte explication. J'ai pris un peu de retard avec toi. C'est ta dernière consigne et il te faudra beaucoup de pratique pour la maîtriser. En tant qu'infirmière surtout, tu as tendance à donner beaucoup plus que tu ne te permets de recevoir.

Comme cet homme me connaissait bien. J'avais, en effet, toujours été plus à l'aise en donnant aux autres qu'en recevant. Il avait toujours été plus facile pour moi de me concentrer sur les besoins d'autrui parce que si je m'étais arrêtée aux miens, j'aurais eu peur de ne jamais en voir la fin. Or, il était temps pour moi de voir à mes propre besoins et de commencer à les combler un par un.

C'est alors qu'il me vint une idée terrible. Était-ce la fin? S'agissait-il d'un cadeau d'adieu? Je n'étais pas prête à me défaire de Joe. Il me restait encore tant à apprendre. J'avais encore tellement besoin de lui.

– Ce qu'il y a entre nous est éternel, Christine, dit-il doucement en anticipant ma question. Maintenant tu sais que j'existe et si jamais tu en doutes, tu n'auras qu'à regarder ces petites plaquettes d'or pour savoir que tout ceci a bel et bien eu lieu.

Oh! non, c'était cela. Il me disait adieu. Les larmes se mirent à couler le long de mes joues.

– S'il vous plaît, ne partez pas, suppliai-je faiblement.

– Ne t'inquiète pas, dit Joe en essuyant une de mes larmes pour la dernière fois. Je ne te laisse pas les mains vides. Il y a tant de bonnes choses qui s'en viennent pour toi, tu ne peux même pas imaginer. Il replaça une mèche de cheveux derrière mon oreille. Promets-moi seulement de toujours avoir l'esprit ouvert et de ne jamais plus douter de moi ni d'oublier le temps que nous avons passé ensemble.

Je n'arrivais pas à le croire. Comment pouvait-il imaginer que je pourrais *oublier*? C'est alors que les lumières s'éteignirent et que la pièce fut plongée dans l'obscurité. Puis les doux accords de la musique de Jim MaGuire retentirent dans la salle. Un jet de lumière bleutée découpa la silhouette d'un homme aux cheveux longs et bouclés qui jouait du saxophone. On aurait dit que l'instrument faisait corps avec lui.

Je levai les yeux pour regarder Joe, cherchant désespérément à imprégner ma mémoire de son image, sachant que c'était la dernière fois de ma vie que je le verrais.

– Qui est le prochain? demandai-je. Je voulais savoir qui il irait retrouver sur sa longue liste de gens à aider. Il comprit ma question et me serra la main.

– Tu vois la fille là-bas? dit-il en indiquant une grande blonde en minijupe. Mon cœur chavira.

– Était-ce vraiment nécessaire de choisir une fille aussi... aussi... sexy? demandai-je lamentablement.

Joe se mit à rire et je savais très bien pourquoi.

– Il va falloir travailler sur sa garde-robe aussi! dit-il avec un clin d'œil. Il se retourna vers moi, prit mon menton entre ses longs doigts et me dit : « Rappelle-toi, je ne suis jamais plus loin qu'un murmure. » Puis il embrassa le bout de mon nez et partit en direction de la fille en minijupe qui ne se doutait pas du bonheur qui allait bientôt entrer dans sa vie.

Je le suivis des yeux jusqu'à ce qu'il ne soit plus qu'une silhouette sombre et indéfinie dans la pièce encombrée. Je m'appuyai tristement au comptoir du bar. Et maintenant? Comment serait la vie sans Joe? Je connaissais évidemment la réponse. La vie serait tout ce que Joe avait prédit en autant que je me souvienne de ce qu'il m'avait enseigné.

Je levai la tête pour mieux absorber la musique de Jim MaGuire, déterminée à vivre l'instant présent et à ne pas le gaspiller comme Joe me l'avait si bien appris. C'est alors qu'une drôle de chose se produisit.

La silhouette sur la scène qui jouait son cœur au saxophone commença à me paraître familière. Mais, je *connaissais* ce type. Ce grand corps élancé, filiforme, ces cheveux longs indisciplinés et ce médaillon argent. J'avais flirté avec Jim MaGuire. *Moi! Avec Jim MaGuire!*

J'ai toujours eu horreur de ces femmes qui s'évanouissent devant les vedettes rock, mais soudain je voyais leur comportement sous un jour nouveau. Non pas que j'allais m'évanouir, mais je ne pouvais m'empêcher d'avoir l'air complètement éberluée.

Jim MaGuire finit sa série de pièces musicales devant une foule admirative et reconnaissante. L'auditoire était animé et électrifié par sa performance. Quant à moi, j'étais toujours abasourdie sur mon tabouret et je me demandais ce qui arriverait maintenant. Je le regardai tandis qu'il serrait des mains ici et là tout en se dirigeant incroyablement vers moi.

Après une éternité, il arriva devant moi, encore tout exalté de sa performance.

– Pourquoi ne pas m'avoir dit qui vous étiez? demandai-je en me rappelant comment j'avais fait l'éloge de son génie sans même savoir que je m'adressais à lui. Et si j'avais dit quelque chose de désobligeant, de peu flatteur?

– Est-ce que ç'aurait été différent si tu avais su qui j'étais? demanda-t-il en souriant. D'ailleurs c'est toujours bon d'avoir une critique *honnête*, ajouta-t-il avant que je ne puisse répondre.

– Et si j'avais dit que je *détestais* votre musique? répliquai-je sur la défensive.

– Tu ne serais pas venue ce soir, si cela avait été le cas, répondit-il victorieux.

– Bon, alors pour répondre à votre question, non cela n'aurait fait aucune différence si j'avais su qui vous étiez. J'ai appris à toujours répondre honnêtement. La vie est tellement plus facile ainsi.

– À l'honnêteté. Quel réconfort! dit-il en levant sa bouteille d'eau minérale en guise de toast. Il prit une gorgée du liquide frais et me sourit. Je me sentis rougir. « J'aime vraiment ton sourire, dit-il gentiment. Il a quelque chose de tellement vrai. Oui, vraiment il est très attirant. »

Voilà! Il avait prononcé le mot magique. Il était **attiré** par moi. Je l'avais attiré. Je ne l'avais pas approché. N'était-ce pas exactement ce que Joe m'avait expliqué l'autre jour au restaurant? Quelque chose au sujet de mon âme éclairée et assouvie qui « attirerait » un homme éclairé. C'est alors que je compris que Joe serait toujours là, près de moi.

– Dis, me demanda Jim dans le boucan, veux-tu venir faire un tour de moto? Il reste encore vingt minutes avant ma prochaine série.

Voilà qui était trop parfait. Mais je savais maintenant qu'il n'y avait jamais rien de *trop* parfait. La vie était la vie. Jim me tendit la main et je la pris. J'étais détendue et je le laissai me guider jusqu'à l'extérieur, dans la nuit chaude et humide. Je ne sentais nullement que j'abandonnais le contrôle ou le pouvoir à quelqu'un d'autre. Comme c'était bon de simplement se laisser aller, quelque chose que je ne me permettais pas auparavant. J'étais toujours en contrôle ; je l'avais toujours été. La seule différence c'était que je ne ressentais plus le besoin de le prouver.

Je mis le casque que Jim me donna tandis qu'il partit le moteur. Il avança la moto et j'y montai agilement, comme une « vraie »! Je passai mes bras autour de sa taille et, la tête vers l'arrière, nous partîmes dans la magie de cette nuit d'été.

La vie était devenue une véritable aventure. Tant de choses avaient changé pour moi, mais c'est surtout *moi* qui étais différente et c'était cela, le catalyseur dont j'avais tant eu besoin. Je ne pouvais imaginer de meilleure façon d'entamer ma nouvelle vie qu'à califourchon sur une Harley derrière un homme qui exposait son âme au moyen d'un saxophone.

En s'arrêtant à un feu rouge, Jim me regarda pardessus son épaule en souriant. Je lui souris à mon tour et je touchai la chaîne qu'il portait autour du cou. Je tirai l'épais médaillon vers moi pour l'examiner à la lueur du feu de circulation. L'image était difficile à discerner et je dus m'approcher davantage. C'était Joseph de Nazareth.

Et il me fit un clin d'œil.

Ne manquez pas la prochaine
aventure inspirante de Joan Brady

Le paradis
en cinquième vitesse

Disponible prochainement
aux Éditions AdA inc.

Voici en toute exclusivité,
dans les pages qui suivent, un aperçu de
Le paradis en cinquième vitesse

Je stationnai la Camaro dans l'entrée sombre et j'éteignis les phares. Joe gara son bolide derrière ma voiture de location et en descendit adroitement tout en enlevant son casque dans un seul et même mouvement.

Il se dirigea vers la voiture, du côté du conducteur où je me trouvais, et je ne pus qu'apprécier le fait qu'il ne prenne pas pour acquis qu'il était le bienvenu du côté du passager. Bien que je sois certaine de ne pas avoir verbalisé ce sentiment, étrangement il y a répondu. Je n'avais pourtant pas exprimé ma remarque à voix haute.

– Je ne m'aventure jamais là où je ne suis pas le bienvenu, dit-il en souriant.

Je lui répondis à mon tour par un sourire pour le moins subtil. Je ne savais que penser. D'une part, je savais très bien qui il était, mais d'autre part, j'étais encore incapable de l'accepter. Le seul fait d'y penser m'effrayait au point où je sentis venir une nouvelle crise de panique.

– Désolé de te bouleverser ainsi, dit-il en sortant une main de sa poche de jeans et en me la tendant : « Allez, prends ma main. »

Je regardais sa main élégante comme s'il se fut agi d'une bombe.

– Allez, implora-t-il et je vis dans la profondeur de ses yeux une grande confiance et une beauté incroyable. « Tu te sentiras mieux, je te le promets. »

Je regardai sans mot dire ma main gauche qui semblait dotée d'une vie à elle. Je la vis se glisser dans cette grande main ouverte. Joe n'hésita qu'un bref instant avant de refermer ses doigts longs et gracieux autour de mon poing serré. Cette main masculine me parut alors comme un sanctuaire, un refuge de paix et de sécurité et je me sentis investie d'une grande sérénité qui s'infiltrait en moi depuis l'extrémité de mes doigts, cheminait le long de mon bras, passait par mon cœur battant et se rendait tranquillement jusqu'à mon cerveau en émoi.

– Mais *qui* êtes-vous? demandai-je pour la troisième fois. J'en avais mare de ce jeu de devinettes. J'avais besoin d'une réponse claire et nette.

Il scella nos doigts entrelacés de sa main droite et je pensai que je pourrais sans doute mourir de cette impression de paix si pure et si absolue que je ressentais.

– Je suis le vaisseau principal, murmura-t-il dans la nuit, la roue du navire dont tu es l'un des rayons forts et importants, je suis le fin collier en or de l'univers dont tu es un maillon précieux et nécessaire.

Aucun homme ne m'avait jamais parlé de manière aussi poétique et j'en étais renversée. Je voulais rire et pleurer en même temps. Je voulais chanter et danser et me fondre en lui tout à la fois. Je voulais être lui. Oh! mais un instant! Reprends ton calme! me dis-je.

– Qu'est-ce que vous dites? demandai-je. Vous... vous n'êtes pas... je veux dire, vous... Mais, qu'est-ce que vous voulez dire? répétai-je.

– C'est vrai, Heather, dit-il doucement. Je suis bien celui que tu crois.

– Qui? demandai-je d'un ton accusateur et plein de doute. Mais quelque chose au fond de moi, loin dans un coin oublié de mon cœur, connaissait déjà la réponse, mais j'étais trop effrayée pour l'admettre.

Il fut silencieux pendant un long moment avant de dire avec une grande douceur : « Dis-le moi, toi. C'est toujours plus fort ainsi. »

— Bon Dieu! dis-je.

— Très bien, répondit-il, amusé.

— Non! m'écriai-je toujours prête à me battre, de peur d'avoir l'air ridicule. Oh! que non! Les idées de grandeur, ça vous dit quelque chose? Mon ton était tout ce qu'il y a de plus sarcastique. « J'ai entendu dire qu'on peut maintenant traiter cela. Vous n'avez qu'à vous présenter dans une clinique de psychiatrie, par exemple, et j'ajoutai, vraiment, ça se soigne. »

— Heather, murmura-t-il.

— Mais je suis sérieuse, insistai-je. Il y a eu des progrès énormes dans ce domaine, dernièrement. C'est vrai. Mais c'était inutile. Et nous le savions tous les deux.

— Heather, dit-il encore une fois, sa voix douce comme une brise matinale.

— Ah! Mon Dieu! Quoi encore? dis-je remplie d'effroi. Et je pensais : un assaillant, je pourrais le combattre ; un ivrogne, je réussirais peut-être à le convaincre de me laisser tranquille. Mais Dieu lui-même? Que faire? Rien dans ma vie ne m'avait préparée à cela.

— Tu n'as pas besoin d'avoir été préparée, dit-il avec un sourire affable.

— Écoutez, pourquoi moi? demandai-je faiblement. Que me voulez-vous? Je ne suis pas quelqu'un d'important.

— Tu ne serais pas ici si tu n'étais pas importante, souffla-t-il.

J'ai toujours cru bon de mettre cartes sur table, particulièrement dans les situations difficiles. Je suis peut-être coupable de bien des choses, mais je n'ai jamais été timide et j'ai toujours joué franc jeu. Et ce soir ne ferait pas exception.

— Écoutez, euh... euh... je ne sais pas comment vous appeler, dis-je soudain confuse.

— *Joe* fera l'affaire, dit-il patiemment.

— Ouais, alors, Joe, dis-je en essayant de retrouver un peu de mon sang-froid, je ne pense pas que je sois la bonne personne pour vous. Écoutez bonhomme, vous devriez peut-être m'oublier, d'ac?

— Bonhomme? répéta-t-il.

— Seriez-vous susceptible?

— Crois-moi, si j'avais été du genre susceptible, je serais mort plusieurs milliers de fois, dit-il en riant. Écoute, Heather, il est temps de faire de l'ordre dans ta vie. Je suis là pour t'aider à régler les choses qui te font souffrir. Essaie de me croire.

— Eh! bien, si vous êtes vraiment Dieu, le défiai-je, pourquoi n'êtes-vous pas venu en tant que femme? Il aurait été plus facile pour moi de vous faire confiance le cas échéant.

— Je suis une femme répondit-il sérieusement.

— Bien sûr, et moi, je suis la schtroumpfette, répondis-je en raillant.

— Non, vraiment, insista-t-il. Je *suis* une femme. Je suis aussi un homme si c'est ce que tu veux.

— Quoi? dis-je en faisant la grimace.

— Je suis ce que tu veux que je sois. Ceux qui pensent que je suis un homme n'ont pas tout à fait raison, pas plus que ceux qui croient que je suis une femme. En fait, ce sont deux côtés de la même médaille. Je suis *tout*, alors, je suis à la fois homme et femme. Tu piges?

— Non, avouai-je franchement.

— Ça viendra, répondit-il calmement. Mais au fond, si j'ai bien interprété tes signaux, tu me percevais comme un homme. Et habituellement, je me présente aux gens en adoptant la forme à laquelle ils ont été conditionnés. Ce n'est qu'une façon de faciliter la communication. Mais dans l'ensemble, en ce qui a trait au concept global des choses, cela n'a pas d'importance.

– Mais alors pourquoi ne pas nous faire plaisir et porter une robe de temps en temps? rétorquai-je. Cela ne pourrait qu'améliorer la crédibilité des femmes. Je n'arrivais pas à croire que je parlais au Tout-puissant, d'où mon insolence.

Il sembla considérer ce que je venais de dire avant de répondre.

– Le pantalon demeure tout de même plus pratique.

J'ouvris la bouche pour parler, mais il me devança et me dit avec un sourire moqueur : « D'ailleurs, informer, expliquer, éclairer n'est pas une mince tâche, et les choses étant ce qu'elles sont actuellement, on écoute plus volontiers un homme qu'une femme. Je ne dis pas que ce soit juste, mais étant donné l'ampleur de ma tâche, je dois me prévaloir de tous les atouts à ma portée, tu comprends, n'est-ce pas?

– Non, je ne comprends pas, insistai-je. Il me semble que vous avez toujours favorisé la gent masculine, que vous leur avez toujours donné plus d'avantages, poursuivis-je, en posant automatiquement mes mains sur mes hanches en signe d'indignation. À quand *notre* tour?

– Votre tour? demanda-t-il le sourcil levé. Votre tour pour quoi?

– Notre tour d'être favorisées, de détenir les avantages, vous savez, le pouvoir, l'argent, la liberté. Des choses comme celles-là. Ces privilèges qui sont l'apanage des hommes depuis le début des temps.

– Je vois, dit-il en tournant la tête vers la plage et les vagues de la marée basse. Il fut silencieux pendant longtemps. Tellement que je commençais à savourer ma victoire. Je me disais que s'il avait pu m'expliquer pourquoi les femmes avaient toujours été traitées comme des citoyens de deuxième classe, il l'aurait fait tout de go. Naturellement, mon espoir de victoire s'avéra prématuré.

Il s'accroupit à côté de la voiture, ramassa une coquille brisée et l'air absent, il fit mine de l'examiner à la lumière du lampadaire un peu plus loin.

– À t'entendre, on croirait que les hommes et les femmes sont dans des équipes adverses, dit-il, la voix lasse ou triste peut-être.

– Mais oui, bien sûr, répondis-je naturellement. Je ne sais pourquoi, son ton maussade me dérangea. « Écoutez, j'ai une théorie concernant les hommes et les femmes, voulez-vous l'entendre? »

Il me regarda et m'enveloppa de ses yeux foncés, comme d'un nuage de chaleur et je fus fascinée par la magnificence de son visage. Pourquoi avais-je mis tant de temps à me rendre compte à quel point il était séduisant? Et comment expliquer que j'aie tout à coup pleinement confiance en lui?

– Je veux entendre tout ce que tu as à dire, Heather, me dit-il doucement. Chacune de tes pensées, tout ce qui envahit ta conscience, chacun de tes rêves, chacun de tes moindres désirs. Dis-moi, Heather, dis-moi ce que tu penses.

J'étais abasourdie. Ses paroles, si pleines de bonté, eurent sur moi l'effet inverse. Je ne me souvenais pas qu'on ait été aussi intéressé à connaître mes opinions. Au contraire! Toute ma vie, il me semble, on m'avait dit que je parlais trop, que j'étais trop dogmatique, que je devrais faire attention à ce que je disais. Et voilà que cet homme était intéressé, il voulait vraiment savoir ce que je pensais. Et j'en étais interloquée, sans voix.

– *Dígame*, m'exhorta-t-il.

– C'est de l'espagnol, clamai-je en me demandant pourquoi il utilisait une langue étrangère pour m'inciter à me confier. Je sais ce que cela signifie, vous savez! ajoutai-je fièrement.

– Bien sûr, que tu le sais, dit-il avec son merveilleux sourire. Et tu connais encore plus de choses que tu ne le penses.

Parle-moi, Heather, répéta-t-il, en français cette fois. Quelle est cette théorie dont tu voulais me faire part?

– Eh! bien, voyez-vous, je crois que toutes les femmes ont d'abord été des hommes dans une vie antérieure.

– Ah? dit-il en inclinant la tête.

– Absolument, c'est pourquoi nous tolérons les hommes. C'est un peu comme le fait que tous les adultes ont préalablement été des enfants. C'est pourquoi ils peuvent se montrer patients et tolérants avec leurs enfants ; ils savent ce que c'est que d'être un enfant, ils se souviennent.

Il hocha la tête comme s'il cherchait à digérer mes paroles.

– Alors, vous voyez, toutes les femelles étaient probablement des hommes dans une vie antérieure, des hommes qui auront évolué en un genre plus mature appelé femme. C'est pourquoi les femmes peuvent faire preuve d'une grande patience - bon mais parfois, en tout cas - et qu'elles peuvent essayer d'apprendre aux hommes à se montrer civilisés comme elles le sont, elles. Bien sûr, ça ne fonctionne pas toujours, mais comme tout bon tuteur, c'est à nous de donner l'exemple.

– Je vois, dit-il en se frottant la joue d'un air absent. Tu as vraiment beaucoup réfléchi à tout ceci.

Je ne sais ce qui m'a pris, à cet instant, mais j'ai tout à coup eu envie d'une promenade sur la plage au clair de lune. Allons donc! Moi, la personne la plus futée que je connaisse. Moi. La Hannah au cœur dur des années quatre-vingt-dix, j'avais envie de me promener pieds nus dans le sable mouillé en tenant la main d'un homme qui pouvait s'exprimer en espagnol et qui me parlait le langage universel du cœur. Un homme qui savait que j'étais pleine de rêves et qui voulait que je les lui décrive.

C'est alors qu'il se redressa, ouvrit la portière et me tendit la main en m'invitant à sortir de la voiture. Je ne sais comment il sut ce à quoi je pensais mais cela n'avait aucune importance. Voilà que j'étais libérée d'un poids énorme qui m'accablait et que je traînais depuis des années. Pfft! Disparu! Évaporé! Je me sentais vaporeuse et légère. Et ce n'est pas peu dire pour quelqu'un qui fait un mètre quatre-vingts, et cela avec une masse musculaire de loin supérieure à celle de la moyenne des femmes.

– Pourquoi est-ce que je me sens aussi légère? demandai-je tout étonnée tandis qu'il enleva la clé de l'ignition et verrouilla les portières de l'auto.

– La peur t'a quittée, dit-il simplement.

– La peur? Quelle peur? demandai-je. J'avais encore besoin de me munir d'une façade rude et à toute épreuve.

Il ricana et prit ma main entre ses doigts. Je me sentais toute petite et fragile en sa présence. Et ce n'était pas désagréable du tout. Différent peut-être puisqu'aucun homme ne m'avait jamais fait ressentir de telles émotions surtout que je suis plus grande que la moyenne des hommes, et probablement en meilleure forme que la plupart! Étrangement, j'aimais bien ce que j'éprouvais en ce moment.

– Tu t'y habitueras, dit Joe avec son sourire inlassable. Il me guida au-delà des grosses roches alignées sur le sable pour aider à prévenir l'érosion pendant les tempêtes des rudes hivers du New Jersey. Bêtement, j'avais omis de mettre mes lentilles cornéennes et dans la noirceur, c'est à peine si je voyais où nous allions. Mais j'étais bien trop orgueilleuse pour sortir mes lunettes. Je préférais me briser la cheville plutôt que de laisser un homme me voir avec mes lunettes.

Il rit tout haut et je sus qu'il avait encore une fois lu dans mes pensées. Curieusement, je pouvais maintenant rire de moi-même et c'était tout à fait nouveau. Sans savoir pourquoi, j'étais convaincue que Joe parlait le langage de tous les hommes, qu'il connaissait les secrets de tous et de chacun et que rien que je pourrais dire ou faire ne le surprendrait ou le choquerait. Mais, je n'en avais pas pour autant perdu ma fierté. Il était hors de question que je le regarde à travers les fonds de bouteilles de mes lunettes à grosse monture.

Heureusement, il avait un excellent équilibre et il se déplaçait sur ces roches glissantes avec autant d'aise que les baudets qui transportent les touristes jusque dans les entrailles du Grand Canyon.

– Tu y es allée? demanda-t-il un sourire amusé dans la voix. Dans le Grand Canyon?

– Une fois, répliquai-je trop préoccupée à ne pas perdre pied pour me rendre compte qu'il semblait encore une fois avoir lu dans mes pensées. Il sauta agilement sur le sable, puis de manière tout à fait galante, plaça ses mains autour de ma taille et me fit descendre doucement et me déposa sur la plage de sable.

– Bon, dit-il en relâchant ma taille et en s'emparant à nouveau de ma main. Trop peu de gens y sont allés et c'est un des endroits que j'ai créés exprès pour que personne ne m'oublie. Puis il se tut pendant un long moment. As-tu aimé ce que tu y as vu? demanda-t-il enfin.

– Ouais, c'était bien, répondis-je distraitement.

– Seulement « bien »? demanda-t-il incapable de cacher son étonnement. J'aurais cru qu'un tel site impressionnerait un peu plus, ajouta-t-il blessé.

– Oh! Ne soyez pas offusqué, lui dis-je, c'était bien, c'était beau même.

– Pas d'une aussi grande beauté que toi, dit-il avec un sourire admiratif. L'esprit humain est certainement la plus belle de mes créations, ajouta-t-il en balayant des yeux le firmament étoilé, et pourtant les gens sont presque toujours malheureux et mécontents de leur apparence physique.

Cette affirmation me prenait complètement au dépourvu, mais je me remis rapidement.

– Eh! bien vous savez, vous ne parlez sûrement pas de moi, rétorquai-je, je travaille fort pour avoir le corps que j'ai et je n'en suis pas peu fière, ajoutai-je d'un ton suffisant.

– C'est exactement ce que je veux dire, dit-il en s'arrêtant net. Il me regarda en silence pendant un moment, puis sans me quitter des yeux, il enleva son blouson de cuir noir et l'étendit sur le sable frais. Il s'assit dans le sable et me fit signe de m'asseoir sur le blouson à côté de lui. « Si j'ai créé le corps tel qu'il est, dans toute sa complexité et avec tous ses systèmes de renforts, c'est justement pour *ne pas* que vous ayez à y penser. Je voulais que vous puissiez penser à des choses plus importantes comme être aimable les uns avec les autres, ou découvrir et exploiter votre plein potentiel. » Son regard s'adoucit et il ajouta : « Votre corps n'est que le réservoir de votre esprit. C'est votre essence spirituelle qui vous définit, pas votre corps. »

– Oui, mais qu'y a-t-il de plus important que de s'occuper de son corps? demandai-je sur un ton provocant. « Sans le corps, que reste-t-il? » Qu'il essaie de répondre à cela, pensai-je.

– Oh! Heather, soupira-t-il. Je pensais que les gens, et particulièrement les femmes, avaient l'esprit beaucoup plus ouvert et qu'ils pouvaient maintenant apprécier le concept de la beauté au-delà de la simple apparence physique.

– Voilà que j'ai des nouvelles pour toi, l'ami! Ce ne sont pas les femmes qui définissent la beauté ici-bas, au cas où vous ne l'auriez pas remarqué.

Il scruta l'horizon sombre sans mot dire pendant un long moment et je me demandai, l'espace d'un instant, si l'emphase que je mettais sur l'apparence physique ainsi que mon exigence d'un corps parfait, autant en ce qui concerne le mien que pour celui des hommes de ma vie, enfin, je me demandai si ces exigences n'étaient pas un peu superficielles.

– Depuis combien de temps maintenant vis-tu en Californie? demanda-t-il sur un ton qui n'était que gentillesse et sincérité.

– Cinq ans.

– Et pour quelle raison es-tu allée t'établir là-bas? demanda-t-il doucement. Que cherchais-tu alors?

Je voulais réfléchir avant de répondre. Je ne sais pas vraiment pourquoi, mais il me paraissait important de répondre le plus honnêtement possible. Pour une raison ou pour une autre, je savais que ma réponse révélerait un aspect de moi-même que je n'avais encore jamais considéré. Je savais que j'étais sur le point d'éclairer un coin sombre et obscur de mon âme et j'avais un peu peur de ce que j'y trouverais. Et si tout à coup je me butais à des sentiments que j'évitais depuis des lunes? C'est alors qu'une image prit forme dans mon esprit et je sus enfin comment expliquer pourquoi j'étais partie vers l'Ouest cinq ans plus tôt.

– Voilà, commençai-je. Il y a environ cinq ans, quelqu'un eut la brillante idée de construire un golf miniature ici, le long de la plage. Les promoteurs voulaient faire quelque chose de totalement exotique alors ils ont importé des palmiers d'Amérique du Sud et les ont planté sur tout le périmètre du parcours.

Quand il tourna son visage magnifique vers moi, je vis qu'il semblait fasciné par mon récit.

– Bon, eh! bien tout fut parfait pendant l'été, poursuivis-je, les Bennies et les Savatiers de même que tous les autres touristes estivaux pensaient que c'était extra d'avoir des palmiers sur la côte du New Jersey. C'était devenu la destination vacances la plus courue, la plus populaire, vous savez?

– Et...? murmura-t-il.

– Alors, bien sûr, un beau jour, ce fut l'hiver et, dès le premier gel, tous les palmiers sont morts. Mais enfin, n'auraient-ils pas dû *savoir* ce qui arriverait? Étaient-ils bêtes au point de s'imaginer que leurs palmiers pourraient résister à un hiver sur la côte Est?

– Mais, quel rapport avec ta décision de t'expatrier dans l'Ouest? demanda-t-il avec ferveur mais sans aucune trace d'impatience.

– J'avais l'habitude de faire du jogging et tous les matins je passais devant ces palmiers mourants. Avec le temps, je me suis aperçue que je leur ressemblais beaucoup.

Il leva un sourcil mais ne dit rien.

– Je me suis rendu compte que j'étais moi aussi en train de mourir, poursuivis-je. Je me sentais prise au piège. J'étais serveuse au restaurant « Chez Vinnie », tout près d'ici, et dans mon for intérieur, je me mourais. Je sentais que cet environnement ne me convenait plus, que je n'arriverais jamais à m'épanouir ici sur la côte Est, avec les froids sibériens des hivers, le rythme endiablé de la vie ici, l'esprit de compétition maladif, enfin tout ça...

– Alors, tu as écouté ton cœur et tu es allée t'établir dans un endroit qui te semblait plus sain, finit-il pour moi.

– Ouais, dis-je vraiment impressionnée par la facilité avec laquelle il me comprenait. Oui, c'est cela.

Il se tut pendant un moment encore et passa son bras désormais familier autour de mes épaules. Cette fois, je me sentis particulièrement bien dans son étreinte.

– Tes intentions étaient si pures, dit-il songeur.

– Que voulez-vous insinuer en disant qu'elles *étaient* pures? demandai-je encore une fois sur un ton provocant, toujours prête au combat.

– Rien, dit-il en souriant. L'attitude qui prévaut en Californie est l'une des meilleurs qui soit. C'est seulement que trop de gens semblent avoir basculé dans l'excès avec cette quête pour un corps parfait. L'intention de départ était excellente et pure, tout comme tes intentions à toi. C'est très bien de vouloir avoir du plaisir et de chercher à profiter de la vie, mais j'ai bien peur qu'ils se soient perdus en route. Il semble bien qu'ils aient perdu la notion de plaisir et qu'ils se soient mis à juger les gens à leur apparence et par ce qu'ils arrivent à faire de leur corps.

Il n'y avait rien à redire à tout ceci. Il avait sans doute raison.

Il vit que je restais muette et ajouta : « Les rebelles sont ceux que je préfère, Heather, savais-tu ? »

– C'est moi que vous traitez de rebelle ?

– J'essaie, pour ma part, d'éviter les étiquettes, elles sont dangereuses, m'exhorta-t-il. Mais je sais qu'au fond, tu te considères toi-même comme une rebelle et que, jusqu'à un certain point, tu en es fière. Tu as passé beaucoup de temps à être en colère contre les injustices de ta vie. Tu as essayé tant bien que mal de t'en détacher, et il n'y a rien de mal à cela. » Il m'étudia en silence le temps d'un battement de cœur avant d'ajouter tout doucement : « Seulement, tu cours dans la mauvaise direction. »

Je ne voulais absolument pas parler du passé, de mon enfance misérable, de toute la douleur. Je n'étais pas encore prête à remuer toutes ces émotions vétustes, alors je restai silencieuse. Pourquoi s'en prendre à un cheval mort ?

Joe soupira puis se leva. Du haut de sa grandeur, il me tendit la main et m'aida à me lever à mon tour. Je lui faisais face et en dépit du fait qu'on était au beau milieu de l'été, j'eus encore une fois la chair de poule. Avec un sourire entendu, il ramassa son blouson et le plaça doucement sur mes épaules.

– Je vois qu'on a beaucoup de terrain à couvrir, dit-il, avec ce sourire qui lui était si particulier. J'espère que ça ne te dérange pas si on se revoit un de ces jours pour continuer cette conversation.

– Comme vous voudrez, répondis-je surprise de me sentir déçue que ce soit déjà la fin. Mais bien sûr, je ne voulais pour rien au monde laisser voir ma déception. « Mais avant qu'on ne se quitte, dites-moi ce qu'il y a de si terrible à être rebelle. »

– Rien, dit-il les yeux rieurs et ce qu'il ajouta me fit autant de bien qu'un doux baiser. « Les rebelles sont les chercheurs de vérité de l'univers, ajouta-t-il. Ceux qui ne connaissent pas l'oppression ne se rebellent pas. C'est pourquoi je réserve les plus grands défis à ceux qui ont le courage de questionner le *statu quo*, à ceux qui apportent une vision différente des choses. Ce sont des gens comme ceux-là qui aident à changer le monde, et préférablement, sans violence. »

– Est-ce à dire que vous approuvez ce que je suis? demandai-je incrédule. J'avais du mal à croire que quiconque, et particulièrement un type spirituel comme lui, puisse apprécier quelqu'un comme moi. « Est-ce que vous n'allez pas critiquer mon style de vie? Vous savez, le fait que je sois euh... strip-teaseuse? »

Il rit doucement puis prit mon menton entre ses mains pour que je n'aie pas d'autre choix que de le regarder. Je me laissai engouffrer par la profondeur de ses yeux marrons.

– Heather, ma douce Heather, murmura-t-il, tu n'as pas idée à quel point tu m'es chère.

À propos de l'auteure

Joan Brady est infirmière et écrivaine-pigiste. Elle a déjà été surveillante de baignade et vit actuellement en Californie.

Transcontinental
IMPRESSION
IMPRIMERIE GAGNÉ